集英社オレンジ文庫

九十九館で真夜中のお茶会を

屋根裏の訪問者

白洲　梓

本書は書き下ろしです。

Contents

Midnight Tea Time ● TSUKUMOKAN

イラスト／しきみ

Midnight Tea Time

TSUKUMOKAN

九十九館で真夜中のお茶会を

【屋根裏の訪問者】

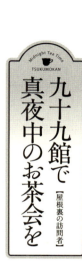

TSUKUMOKAN

第一夜

階段が軋《きし》む音がして、つぐみは闇《やみ》の中で目を覚ました。

ベッドの脇にある、小さなランプに手を伸ばす。色とりどりのステンドグラスが組み合わされ、花のような傘を作り上げているそれは、ぽっと温かな明かりを灯《とも》した。壁や天井に、幾何学模様の陰影が映し出される。枕元の時計は、午前二時過ぎを指していた。

つぐみは耳を澄《す》ませて、誰かが古びた木造の階段を鳴らしながら上階へ上がっているようだ、と見当をつけた。こんな時間に、誰が歩いているのだろうか。

祖母の住むこの家にやってきたのは、つぐみにとって初めてのことだった。三日前初めて目にした、高台に建つ古びた赤煉瓦《れんが》の大きな洋館は、まるで絵本の中に出てくるような家だった。マンション住まいのつぐみの家と違い、大きな庭を抱くようにどっしりと構えられたそれは、驚くほど広く温《ぬく》もりがあり、不思議と懐かしい。この家は、ここに百年前から建っているのよ、と祖母が説明してくれたのを思い出す。

音を立てないよう静かにベッドを降りた。この家は古いから、気を抜くとどこもかしこも床が鳴ってしまう。ここは二階だから、下の階にはよく響くだろう。

扉を細く開け、僅《わず》かに顔を出した。真っ暗な廊下の奥に、小さな明かりが揺らめいている。祖母の小柄な姿が見えた。

つぐみは小学四年生でこの家にやってくるまで、祖母に会ったことすらなかった。友人達は皆、夏休み明けには田舎《いなか》の家に行った話を楽しそうにしていたから、つぐみも母に何度となく「おじいちゃんとおばあちゃんに会いたい」とせがんだものだった。しかしその度に、母はすっと表情を消してしまうのだ。あとから父に聞いた話では、父方の祖父母はすでに亡くなっており、母方の祖父も他界し、今では祖母が一人で暮らしているということだった。

母は、自分の母親である祖母のことを避けているように思えた。それは、なんとなくつぐみには理解できる気がした。つぐみも、母のことが少し苦手だったからだ。それでも、仕事を持っていた母はあまり家にはいなかったし、顔を合わせることは少なかったから、気は楽だった。

父は単身赴任で、いつも地方に暮らしていた。つぐみにとって、ほとんど一人での生活は自然なものだった。なんでも一人でやったし、それが当たり前だった。

それが突然、一週間だけこの祖母の家に預けられることになったのだ。父ははっきり理由を言わなかったが、つぐみにはわかっていた。

母は、家を出ていったのだ。

久しぶりに父が家にやってきたと思ったら、その日以来母の姿を見なくなった。家の中からは、いくつかの日用品や母の衣服が消えていた。慌ててやってきた父は、つぐみがいつもと変わらぬ落ち着いた様子で家に独りでいたことに、複雑そうな表情を浮かべた。

これからは父さんと一緒に住もう、と父は言った。その時の彼の赴任地は福岡だった。仕事の都合ですぐには無理だから、その間祖母の家に行くんだよ、と父は頭を掻《か》いた。

初めて会った祖母は、温和で優しそうな人だ、というのがつぐみの第一印象だった。古びた洋館の大きな玄関ホールには、階段の踊り場に据《す》えられた大きな窓から午後の光が差し込んでいて、どこか浮世離れした風情だった。そこで迎えてくれた祖母は、静かに腰を落とし、つぐみと同じ目線で「いらっしゃい」と微笑《ほほえ》んだ。

繋《つな》いだ手は温かく、美味《おい》しいご飯やお菓子をふんだんに振る舞ってくれたし、つぐみのために可愛《かわい》らしい部屋も用意してくれた。どうして母はこの人を避けていたのだろう、と不思議に思う。

祖母は一人で暮らしているのではなかった。この大きな洋館では下宿屋を営んでいて、家の中には見知らぬ人々が住んでいた。

だから、階段を上がってきたのは下宿人の一人かもしれない、と思った。しかしそこにいたのは祖母だったので、最初つぐみが考えたのは、これが『徘徊《はいかい》』というものではないか、ということだった。小学四年生のつぐみは、いつか見たテレビでそんなことを言っていたのを思い出したのだ。歳《とし》を取ると、自分の意志に関係なく、無意識に歩き回ったりしてしまうことがあるらしい。

祖母が何歳なのかは知らない。白髪交じりの髪は、量はたっぷりしていて、後ろで品よくまとめられている。皺《しわ》の多い顔はほっそりしているが、笑うとどこかふんわりした表情になった。足腰は丈夫そうで、背筋もしゃんと伸びている。しかし、かなりの高齢であるだろうし、もしかしたら徘徊癖があるのかもしれなかった。

つぐみは心配になって祖母を目で追った。足取りはしっかりしていて、手にはお盆を持っている。お盆の上には大きめのティーポットと、カップが二つ、そして美味しそうな小ぶりのケーキ。その脇に置かれたキャンドルホルダーには火が灯され、ゆらゆらと幻想的な光を放っていた。

祖母は、階段の脇にある小さな扉を静かに開けた。その奥には、さらに上へと続く階段が現れる。あんなところに階段があったのか、とつぐみは意外に思った。この家に来た日、つぐみは一階も二階も一通り探検して、年相応の冒険欲を満たしていた。ところがあの扉は、鍵がかかっていて入れなかったのだ。物置か何かだろうと思っていた。

やがて祖母の姿が、吸い込まれるように闇の向こう側に消えていった。つぐみはそっと廊下に足を踏み出すと、そろりそろりと祖母の入っていった扉に向かった。身を潜《ひそ》めるように覗《のぞ》き込むと、階段の上のほうから明かりが漏《も》れている。

鼻孔《びこう》をくすぐる紅茶の芳香と、夜の静寂の向こうから僅かに響いてくる話し声に、つぐみは首を傾《かし》げた。こんな真夜中、祖母は屋根裏で誰かとお茶会でもしているのだろうか。

つぐみは階段に腰を下ろした。祖母も、そして祖母と一緒にいる誰かも、そのうち下りてくるに違いないから、しばらく待つことにする。本当は階段を駆け上がってしまいたいが、ぐっと堪《こら》えた。さすがに気づかれてしまうかもしれないし、それにどうしてか、この上には行ってはいけない気がしたのだった。

祖母とその『誰か』はひどく静かに言葉を交わしているらしく、時折密《ひそ》やかな、親密そうな笑い声を立てた。

やがて待ちくたびれ、瞼《まぶた》が重くうつらうつらし始めた頃、扉の開く音がした。

「──またね、廉子《れんこ》」

男の声だった。つぐみははっとして顔を上げ、それが誰であるかを確認しようとした。

しかし、視線を彷徨《さまよ》わせても、どこにも人影は無かった。扉が閉まる軋んだ音だけが、静かに響いた。

しばらくして、空になった皿やカップを盆に載せた祖母が、そろそろと下りてくるのに出くわして、つぐみは身を隠すのも忘れて尋《たず》ねた。

「おばあちゃん、何してたの？」

祖母は驚いたように目を瞬《またた》かせたが、やがてふっと微笑んだ。

「起こしてしまった？　もう遅いわ。ベッドへ戻りなさい」

「さっきの人、まだ上にいるの？」

「――誰もいませんよ」

「下宿の人？」

「いいえ」

祖母に背を押されながら、つぐみは何度も振り返って、階段の上の様子を窺《うかが》おうとした。

しかしそこはもう真っ暗で、何の気配も無かった。

「さぁ、おやすみなさい」

ベッドへ追いやられながら、つぐみは今見たことを反芻《はんすう》し、眉を寄せた。

「おばあちゃん、あの人どこへ行ったの？」

食い下がるつぐみの頭を撫《な》でると、祖母は何も言わず、微笑みながら部屋をあとにした。

やがて、祖母の家を去る日が来ても、つぐみの脳裏にはあの夜の光景がこびりついて離れなかった。


(真夜中の、お茶会――)

そんな昔のことを思い出したのは、久しぶりだった。

長門《ながと》つぐみは会社の給湯室で、携帯電話を手にしばらくぼんやりとしていた。通話を終えて、思い出したのはあの夜のことだった。

電話の相手は、会ったことのない人物だった。見知らぬ電話番号からの着信に、何かと思って出てみると、相手は柏木《かしわぎ》と名乗った。

「長門つぐみさんですか？　私、九十九《つくも》館の管理人をしております、柏木宗司郎《そうじろう》と申します」

九十九館、と聞いても、最初はなんのことかわからなかった。

「ええと――？」

「廉子さんのアドレス帳を見てお電話しました。……廉子さんのお孫さんの、つぐみさん、のお電話ですよね？」

「あ、はい」

廉子、とは祖母の名前だ。そういえば、祖母の住むあの洋館の名前は九十九館というのだった、と思い出す。子どもの頃は、不思議な字面を印象的に思った気がする。

「よかった。篤史《あつし》さんとは連絡が取れなくて」

「父にご用ですか？　すみません、今はシンガポールに赴任していて……」

「そうですか……」

柏木は少し口ごもるようにして黙った。

「あの……祖母に何かありましたか？」

「──廉子さんが、今朝、亡くなられました」

つぐみは携帯を握りしめた。

「そうですか……」

「ご愁傷《しゅうしょう》さまです──。すみません、すぐにお知らせしたかったのですが、ご連絡先を探すのに手間取ってしまって」

「──いえ、こちらこそすみません。祖母にはもう十年以上会っていませんでしたし、疎遠にしていたこちらが悪いんです。……あの、祖母は病気だったんでしょうか？」

「老衰でした。眠るように逝《い》かれて――」

「そうですか……」

父は転勤が多く、つぐみもそれに合わせて度々引っ越しをした。福岡、大阪、北海道、名古屋《なごや》――と回ったあたりで、今度は海外赴任だと言われ、つぐみはさすがに付いていくとは言わなかった。丁度、京都の大学へ進学することが決まっていたから、一人暮らしを始めた。

つぐみの母は、一向に行方が知れなかった。父は、母の話を一切口にしなかったから、つぐみも何も言わなかった。自然と、母方の実家には、足が遠のいた。

大学を卒業し就職したのは東京のＩＴ関連会社だった。都内で一人暮らしを始めた時、久しぶりにつぐみは祖母の家を思い出した。祖母の家は東京の西、喧騒《けんそう》とは無縁の静かな郊外にあって、訪ねようと思えばいつでも行けた。しかし、連絡先を記したはがきを出して、それだけにした。

それから数年が過ぎ、仕事にも、都心での生活にも慣れた。行こうと思えばいつでも行ける、と思うと、近くにいるというのに、一度も会いに行かないままになった。

（一度くらい、顔を見に行けばよかった――）

祖母に会ったのは、たった一度、あの一週間だけだ。さすがに、後悔がよぎった。

「瑞穂《みずほ》さんとは——連絡はつかないでしょうか？」

「……母とは、私が子どもの頃から音信不通のままなんです。父もすぐには帰国できないかと——」

「そうですか——。あの、それでは喪主はつぐみさん、ということでよろしいでしょうか？　お忙しいかと思いますので、私のほうでできる限りのことはさせていただくつもりですが……」

「……わかりました。では、明日、そちらへ伺いますので——」

それからいくつか事務的なやり取りをして、電話を切った。そうして、あの夜のことを思い出したのだった。

血縁者の死に直面するのは、これが初めてだった。

忌引《きび》きの申請をしなくては——と、つぐみは現実的な思考に頭を切り替える。明日以降の仕事の予定はどうだっただろうか、大事な来客はなかったか、期日の迫ったものは誰かに預けていくしかない、いずれにしても何かあった時のためにノートパソコンを持ち帰ることは必要だろう——。

大きな息をひとつ吐き、オフィスへと足を向けた。

そろそろ終業時間が近い。六本木《ろっぽんぎ》の高層ビルにあるオフィスからは、夕闇に佇《たたず》む東京タワーがよく望めた。天井から床まで、一面の硝子《ガラス》の向こう側で、赤白い発光に包まれたその体軀《たいく》が無機質なビル群の中にそびえている。

　席に戻ると、最近中途入社した牧野沙也《まきのさや》が、営業部の男性社員と並んでオフィスに入って来るのが見えた。

「えー、本当ですかー？　約束ですよぉ？」

「ほんとほんと。じゃあまたね」

　くすくす笑いながら、つぐみの隣に座る。煙草《たばこ》の臭いが鼻を掠《かす》めた。キラキラしたラメ入りのシガレットケースをバッグにしまいながら、牧野が話しかけてくる。

「長門さん、私今日、定時で帰りますから」

「え？　でも、仕事残ってるはずじゃ……大丈夫？」

「明日やります。昨日、友達と三時まで飲んでたから、眠いし、なんか体調悪くて」

　つぐみは呆気《あっけ》にとられながら、終業の鐘が鳴るのと同時に席を立っていった牧野の背中を眺めた。彼女に自分の仕事を預けるのは、やめたほうがよさそうだった。

「えっ、牧野さん、もう帰ったの？」

　ミーティングから戻ってきた小川夏子《おがわなつこ》が、驚いた表情を浮かべた。つぐみと牧野の上司にあたるマネージャーで、社内で唯一の女性管理職だ。

「今日中にお願いって頼んだ資料、まだできてないじゃない！」

「……体調が悪いそうです」

小川は頭を抱えた。

「あの子この間、自分はもともと病気がちで、医者からもストレスがかかるような仕事しないように言われてるんです、って泣き出したのよ。だから、残業はできないとか、重い仕事は振らないでくれ、って……。どう思う？」

（嘘《うそ》だと思う……）

口には出さず、つぐみは眉を寄せた。

「……今日のは、そういうのじゃ、なさそうですが」

言葉を濁《にご》した。

「ともかく、それじゃあ仕事を任せるのも躊躇《ちゅうちょ》しちゃうし。どうやって彼女を育てていったらいいのかわからなくて……」

「多分、牧野さんは早く結婚して、会社を辞めたいタイプじゃないでしょうか」

「私もそう思う。ああ、だから女は仕事する上では扱いづらくて嫌なのよ。男がそう言う気持ちがよくわかるわ……そういう私も長門さんも女だけどね。――わかってる、性別の問題じゃなくて、個人の人格の問題よ……」

小川は仕事一筋で生きているような女性だった。週末もパソコンを持ち帰って仕事をしているし、「仕事が趣味。他に趣味もない」と公言している。

その時、小川を呼ぶ声が大きく響いた。

「おい小川！」

本部長の氏家《うじいえ》が険しい表情で怒鳴っている。小川はびくりとして、氏家の席に向かった。

周囲からは、またか、という視線が二人に注がれる。

つぐみは同情を込めて、小川の背中を見つめた。

「なんだこれは！　……はぁ？　なんで俺がそんなことをしなきゃならんのだ！　……理論的に話せ！　そんなわけがないだろう！　……馬鹿かお前は、なに勝手なことしてんだ！　それで、どうなってるんだ？　……なんだと？　……ここはお前の会社か阿呆《あほ》！　いい加減にしろ馬鹿が！」

小川の声はほとんど聞こえなかった。静かに、「……はい……はい」とだけ言っているようだった。

本部長の氏家は常々、部下である小川に対して異常なほど強く当たる。つぐみが見る限り、大抵問題の原因は氏家の業務への無理解だった。理解しない氏家に小川が説明を試みても、氏家は納得せず小川が悪いと言い立て機嫌を悪くする。現場を知らずに威張り散らすのだから、やりにくいことこの上なかった。

小川は運悪く、立場上彼のサンドバッグになっていた。

「おい、あれはさすがに言い過ぎじゃないか？　パワハラで訴えられるぞ」

「大丈夫だろ、小川さんって氏家と寝て今のポストに就いたって話だし」

「え、そうなの？　まぁ結構綺麗《きれい》な人だけどさぁ」

「若いうちに早く片付いておけばよかったのにな。もう今じゃ仕事しかないんでしょ」

低い笑い声がして、つぐみはひそひそと話している男性社員達に眉をひそめた。小川が一身にきつく当たられることで、つぐみや他の社員には火の粉が降りかかっていないのだ。彼女が身を挺《てい》して庇《かば》ってくれていると、つぐみは考えていた。

席に戻ってきた小川は、涙目になっていたが、気丈に振る舞おうとした。

「長門さん、悪いんだけど牧野さんに頼んでいた資料、今からお願いできないかな。氏家本部長が、どうしても明日の朝一で見たいって。私、それとは別に急ぎで出せって言われたものがあって……」

「――はい」

帰れるのは日が変わる頃になりそうだった。明日、できるだけ早く祖母の家に向かわなくてはならないが、この状況で帰るとは言えなかった。

ようやく終電間際で仕事を終わらせ、小川に祖母が亡くなったので忌引き休暇を取りたいことを告げた。

「やだ、なんでもっと早く言わないの！　明日からのことはこっちでなんとかするから、もう帰りなさい！」

慌てたように小川に言われ、パソコンを鞄《かばん》に入れて、混みあう電車に乗った。

（疲れた……ああ、でも明日は十時には向こうに着きたいから、起きるのは六時くらい……。しばらく帰れないかもしれないから、ちゃんと荷造りして……喪服、クリーニングしてクローゼットにしまってあるはず……そうだ、黒のストッキング買わないと——あ、お父さんにメールしなくちゃ）

考えることがいずれもあまりに事務的で、つぐみは唐突に空虚な気分になった。身内が亡くなったというのに、どうも実感が湧かない。

携帯を取り出すと、メッセージアプリが表示されていた。圭介《けいすけ》からだ。仕事中、鞄にしまい込んでいたので気づかなかったが、『今日何時に行けばいい？』『まだ仕事中？』と何度もメッセージが送られていた。

その文字を眺めながら、憂鬱《ゆううつ》な気分になる。

圭介とは付き合って二年が経《た》とうとしていた。最初は上手《うま》くいっていたと思うが、最近はどうもしっくりこない。

(今日会う約束、してなかったはずだけど……)

『ごめん、急な仕事が入って今から家に帰るところ』と返信する。するとすぐに、『おつかれさま。じゃあ今から行く』と返ってきて、つぐみは時計を見た。すでに午前零《れい》時を過ぎている。圭介の家はつぐみのマンションから近いから気軽に行き来はできるものの、ぐったりと疲れた今、さすがに諸手《もろて》を挙げて歓迎できる気持ちにはなれなかった。

圭介は不動産会社で働いているから、明日が休みなのだ。本人としては休日前の気楽な気分なのだろう。しかしつぐみにとっては翌日も通常の出勤日だ。しかも明日からは、イレギュラーな予定が入っている。

疲れているし、明日も早いから今日は無理だと返したが、メッセージは未読のままだった。重い足取りで自宅のマンションに着くと、丁度やってきた圭介と鉢《はち》合わせた。

「おつかれ。遅かったんだな」

「うん……。今日は疲れてるから、無理って送ったんだけど」

「え、すぐ家出たから気づかなかった」

せっかく来たのに帰れっていうのかよ？　と言いたそうな顔だった。

何か言うと口論になってしまいそうだったから、つぐみは口を閉じた。

部屋に入ると、圭介は勝手知ったるという風情でソファに腰かけ、テレビをつけた。つぐみはコーヒーを淹《い》れようと、お湯を沸かし始める。邪魔になる長い髪を、クリップでまとめて留めた。

つぐみの部屋に置かれた小さな本棚には、推理小説が並んでいた。昔は好きでよく読んでいたが、最近では読む暇もあまりない。何年か前に読みかけで本棚に入れた本があったな、とぼんやり考えた。たまに時間ができたと思うと、こうして圭介がやってきたりする。

（本、読みたいな――）

「つぐみ、これやるよ」

圭介が箱を差し出す。綺麗な包装が施《ほどこ》された、贈答用の焼き菓子だった。

「どうしたの、これ？」

「結婚式の引き出物。お前、そういうの好きだろ」

圭介は甘い物が嫌いなのだ。一方、つぐみは甘い物が好きだし、自分でお菓子を作ることさえある。

「ありがとう。そっか、週末結婚式に行くって言ってたっけ」

「そう、高校の時の友達でさ。めちゃくちゃいい式だったよ。親への手紙が感動ものでさ――」

思い出したように頰《ほお》を緩ませる。

「その友達も、号泣しててさ。いいよなぁ、結婚……」

つぐみは何も言わずにフィルターにお湯を注いだ。

「やっぱり、サザエさんみたいな家族がいいよなぁ」

「……それって、圭介はマスオさんなの、波平《なみへい》さん？」

「波平だな。あんなふうに、沢山の家族に囲まれてさぁ、でんと座ってる感じ」

圭介はよく、自分の両親は共働きで兄弟もなくいつも一人だったから、家族らしい光景に憧《あこが》れているのだ、と話した。結婚式に出て、その気持ちが膨らんでいるらしい。

コーヒーを注いだマグカップを圭介に差し出す。結婚式の話のあとにするのも微妙な気がしたが、言わないわけにもいかなかった。

「――実は今日、おばあちゃんが亡くなったの」

「え、そうなの？」

「私のほかに身内がいないから、全部私が采配することになると思う。明日からしばらく泊りがけで行ってくる。会社も休むし」

圭介は、不服そうな表情になった。

「実家どこだっけ？」

「都内だけど、遠いよ。山梨寄りで、ここから二時間はかかるんじゃないかな」

クローゼットを開けて、喪服を取り出した。黒のワンピースにジャケット。以前着たのは二年程前だったが、綺麗な状態だった。旅行用のトランクケースに、必要そうなものを詰めていく。

「私、明日朝の七時にはここを出るから」

荷造りを始めたつぐみに、圭介は不満そうな視線を注いだ。

「――おい、なんだよ、せっかく来たのに」

しかしつぐみは、慌ただしく明日の準備をするのをやめなかった。やらなくてはいけないことだらけに思えた。喪主など務めたことはない。何をすればいいのか、マナー本でも買っておけばよかった、と思う。

「圭介は親族のお葬式、出たことある？」

「高校生の時、じいさんのには出たよ」

参考にはならなそうだった。ひとまずネットで調べようと思ったが、パソコンを開こうとして圭介の機嫌がひどく悪くなっていることに気づいた。

心の中に、じわりと失望が広がる。

明日電車の中で調べよう、と諦《あきら》め、つぐみはトランクの蓋《ふた》を閉めた。

翌朝、家を出ようとするつぐみに、圭介は「色々大変だろうけど、頑張れよ」と声をかけ、優しく頭を撫でた。駅まで送る、と言って重いトランクを奪い取り隣を歩く圭介を、複雑な気分で眺めた。空を見上げると、雲ひとつない青空が突き抜けている。

昨夜は早く寝ようと思ったのだ。しかし圭介は「しばらく会えないんだから」と言って、当然のようにつぐみを求めた。その態度に、一層気持ちが沈んだ。疎遠だったとはいえ近親者が亡くなったと知ったばかりで、そんな気分ではなかったし、ただでさえ疲れていた。しかし断れば険悪な雰囲気になり、最低の気分がより最悪になる気がして、我慢した。

何より、言い争って喧嘩《けんか》することを、面倒に感じた。

お蔭《かげ》で寝不足な上、体が重く気分が悪い。

情けない気分で、つぐみは黙って歩いた。最近は、圭介と過ごすとこんな気分になることが多い。

圭介と別れて、電車に乗り込む。目的の駅まで四度の乗り継ぎが必要だった。重い体を座席に預けながら、思考はぼんやりと過去へと向かった。

初めて会った頃――友人を通して知り合った圭介は、如才《じょさい》ない社会人、という印象だった。気が利いて、社交的で、優しい年上の男性。プラネタリウムのプログラム『銀河鉄道の夜』が好きだと話すのを聞いて、意外に思ったものだ。つぐみも好きなプログラムだったから、二人で一緒に見に行くことになった。それが初めてのデートのきっかけだ。

初デートの日は雨だった。夜になって、つぐみはいつの間にかお気に入りのピアスを落としてしまったことに気づいた。それを知った圭介はつぐみをカフェで待たせ、土砂降りの中飛び出していった。やがてずぶ濡《ぬ》れになりながら、ピアス片手に戻ってきた時の、くしゃりとした笑顔を今も覚えている。いつもぴしりとスーツで決めている彼とは別人のようで、好感を持たずにはいられなかった。

そっとため息をついた。つぐみは今年で二十七歳になる。いくつかの恋愛も経験したが、この身に覚えのある流れに、倦怠感《けんたいかん》が募った。新しい恋をする時はいつも、今度は違うのでは、と思うのだけれど。

車窓の景色は、段々と緑の多いものになっていった。高い建物は影を潜め、同じ東京でも落差がある。

(夜になったら、都心より星がよく見えるかな)

プラネタリウムに行ったのは、もう随分《ずいぶん》と昔のことに思えた。

ようやく目的の小さな駅に降り立ち、重いトランクを地面に置いた。駅の前は閑散としていた。店があるわけでもなく、人通りもほとんどない。

地図アプリに目的地の住所を打ち込んでみると、祖母の家まで歩いて十分ほどと表示された。道は覚えていなかったが、表示された道順を辿っていく。

山の稜線《りょうせん》が迫って見えて、自然と大きく息を吸い込んだ。蟬《せみ》しぐれが降る中、眩《まぶ》しい陽射《ひざ》しに目を細めて周囲を眺めた。八月も後半に差し掛かり、夏の折り返しを過ぎた緑は深く目に鮮やかだ。先ほどまでの気分の悪さが和らぎ、ほっと息をつく。畑の点在する道をゆっくりと進んだ。

本当に東京か、と目を疑うほど澄み切った清流が現れて、つぐみは橋の欄干《らんかん》から身を乗り出した。魚が泳いでいるのが見えるほどだ。

（綺麗……昔、川で遊んだ気がするけど、ここだったのかも）

その時、欄干の上を黒いものがさっと横切って、つぐみは声を上げて仰《の》け反《ぞ》った。

ほっそりとした黒猫が、軽やかな身のこなしで欄干をつたって歩いていく。ちらりと興味深げにこちらを振り返る目に、つぐみはふと吸い寄せられた。首輪は無いので、野良猫だろう。

川に沿って公園が整備され、鬱蒼《うっそう》とした森のような木々の間に遊歩道が見え隠れしている。元あった自然を生かして作られているのか、人工的な匂いが少ない。小さな子どもを連れた母親達が緑の合間を歩いている。

橋を渡ると、うねった坂道が伸びていた。祖母の家が高台にあったことを、おぼろげながら思い出す。

先ほどの黒猫は、先導でもするようにつぐみの前をとことこと進んでいた。ジブリの映画にこんなワンシーンがあったな、と思い出しながら、一緒に急勾配《きゅうこうばい》を登っていく。

重い荷物を持って登るには辛い坂だった。つぐみは段々と息を切らし、額《ひたい》から伝い流れてくる汗を拭《ぬぐ》う。お年寄りには随分きつい道ではないだろうか。祖母がこの場所でよく長い間暮らしていたものだ、と感心する。

対照的に、黒猫は疲れた素振りもなく軽やかに先を進んでいった。つぐみがトランクを置いてその場で一休みすると、猫も待っているかのように足を止める。

周囲に人もいなかったので、冗談で話しかけてみた。

「――もしかして、私を迎えにきてくれたの？」

黒猫はつまらなそうな顔で、日陰に寄って体を丸めた。

つぐみは肩を竦《すく》め、よいしょとトランクを持ち直す。猫は耳をぴんと立ててつぐみの脇を通り抜け、坂の上を目指して駆けだした。

やがて、水平線から浮かび上がった蜃気楼《しんきろう》のように、赤い煉瓦の壁がぬっと現れた。つぐみは惹《ひ》きつけられるように、息を止めて視線を上げる。

背の高い立葵《たちあおい》が、尖塔《せんとう》のように幾重にも幾重にも聳《そび》えていた。それ自体がまるで壁のように、洋館を囲んでいる。その周囲には鉄柵が張り巡らされ、外界との境界を明確にしていた。門の脇には青々とした木が植わっており、蔦《つた》が絡まる色あせた煉瓦からは、匂い立つような年輪の影が滲《にじ》む。花と緑に包まれ、どっしりと鎮座した屋敷は、威容ともいえる雰囲気を纏《まと》っていた。

（そうだ、この家だ――）

おぼろげな記憶が明確な形になって目の前に現れ、つぐみは不思議な感慨を覚えた。

高い金属音を上げて軋む、古びた門を押し開く。猫はここでも、つぐみの一歩手前を進んでいった。脇にはよく手入れのされた寄せ植えが並んでいて、夏の光を煌々《こうこう》と浴びているピンクのペチュニアがこんもりと咲いていた。祖母が植えたのだろうか、としばし視線を止める。

大きな両開きの玄関扉の前で視線を上げると、旧式に右から左へ向かって、『九十九館』という扁額《へんがく》がひっそりと掲げられている。

急に、うるさいほどの蟬の鳴き声が、どこかへ遠ざかっていく感覚に襲われた。自分がモノクロ写真の中に入り込んで、時を止められているような気分になり、思わず周囲を見回す。

古い家であっても、チャイムは最近新しく取り付けられたものらしい。ボタンを押すと、軽やかな電子音が響いた。

扉が開いた途端、黒猫がさっと中に飛び込んだので、つぐみはあっと声を上げた。

「――ああ、ミストフェリーズ」

低い声と、軽やかなピアノの旋律が流れてきた。現れた長い指が、辿るように猫の体をすくい上げるのを、スローモーションのように感じながらつぐみは眺めた。

黒猫を腕の中にすっぽりと収めた男性と、目が合う。

女性にしては平均より背の高いつぐみより、彼のほうが頭ひとつ分大きかった。まん丸のレトロフレームな眼鏡をかけた穏やかそうな風貌《ふうぼう》で、歳は三十代前半くらいだろうか。その型の眼鏡は最近流行っているから違和感は無かったが、彼の場合お洒落《しゃれ》でかけているというより、昔から愛用している、という風情だった。なぜならフレームの継ぎ目が壊れていて、テープで補強してあるのが目に入ったからだ。

（まるでハリー・ポッターだわ）

いくらか歳を取った和製ハリーは、丸めた茶色の瞳につぐみの姿を映した。

「――つぐみさん？」

電話で聞いた声を思い出す。弦《げん》楽器を思わせる、心地よい低音だった。

「はい。柏木さんですか？」

「ええ、こんにちは」

「はじめまして。連絡、ありがとうございました」

柏木がまじまじと自分を見つめたので、つぐみは少し気後《きおく》れした。何か、変なところでもあるだろうか。祖母と全然似ていないとか――。

「あの……何か」

「ああ、いえ――暑かったでしょう。さぁ、入ってください」

玄関扉が大きく開かれると、ピアノの音が溢《あふ》れてきた。

左手には二階へと続く大きな階段があり、背の高い格子《こうし》窓が据えられている。そこから溢れてくる光で、玄関ホールには煙ったような透かしたような、淡い明るさが横たわっていた。大きな柱時計が、ゆっくりと時を刻むように振り子を揺らしている。

初めてこの家にやってきた時の光景が、唐突に蘇《よみがえ》った。祖母はこの玄関ホールでつぐみを待っていてくれて、そのシルエットが昨日のことのようにその場に描き出された。

柏木は猫を抱いたまま、片手でスリッパをつぐみの前に置く。

「どうぞ」

「ありがとうございます」

スリッパを履《は》きながら、ちらと猫に目を向ける。うっとり、とでもいうように、彼の腕に頬を擦り寄せていた。

「その猫、ここで飼っているんですか？」

「いえ、時折ここに寄ってくれるんです」

「ああ、そうなんですね。さっき、名前を呼んでいたから……」

頭を撫でてやりながら、柏木は猫の顔を覗き込む。

「この子も、廉子さんを見送りに来てくれたんですね。よく懐いていましたから」

「名前、なんて言いましたっけ」

「ミストフェリーズ」

「こんにちは、ミストフェリーズ」

つぐみは手を出して猫の頭を撫でようとした。すると黒猫はぴくんと体を震わせて、さっと柏木の腕から飛びのいた。

あからさまな拒絶に、つぐみは目を瞬かせ、行き場を失った手を彷徨わせた。柏木は頭を掻いて、すまなそうに顔をしかめる。

「すみません、人見知りなんです」

「いえ――」

そんなに動物に嫌われるほうだっただろうか、と若干ショックを受けながら、つぐみは案内されるままに階段脇の扉を通った。

洋館でありながら、そこだけが唯一の和室になっている。それが祖母の部屋だった。四畳半と八畳間の続き部屋で、奥には白い棺《ひつぎ》が据えられ、祭壇が置かれていた。

つぐみはゆっくりと棺の中を覗き込む。穏やかな表情で瞼を閉じた祖母が、花に埋まっていた。記憶にあるよりほっそりとしている気がする。

座布団に膝《ひざ》をついて、線香をあげた。手を合わせ、祖母の顔を再び見つめたが、物言わぬ人となった祖母はもう知らない人のようにも思われた。

つぐみは柏木に向き直り、手をついて頭を垂れる。

「祖母のこと、色々と、本当にありがとうございます」

「いえ、この度は、本当に、ご愁傷さまです――」

その言葉に、妙にほっとする。

二人は和室を出ると、歩く度ギシギシと鳴る寄木張りの玄関ホールを抜けた。大きな広間に入ると、ひと昔前のCDプレーヤーからピアノの音が流れていた。その横には、もはやめったにお目にかからない、古びたレコードプレーヤーまで置いてある。

「誰かがピアノを弾いているのかと思いました」

「ああ、廉子さんのお気に入りのCDを流していたんです」

どこかで聴いたことのあるメロディに、つぐみは耳を傾ける。高音の粒が幾重にも響いて弾《はじ》けていくような、特徴的な旋律だった。

「これ、なんていう曲ですか?」

「リストの、ラ・カンパネラ。廉子さんは、フジコ・ヘミングが弾くこの曲が、一番のお気に入りでした。彼女のコンサートにも出向いたりして」

「へぇ……」

「ラ・カンパネラは、イタリア語で『鐘』という意味なんです。廉子さんを見送るのに、ちょうどいいかと思って……」

つぐみは、自分が祖母の人となりや好みなど何も知らないことに、改めて思い至った。

どうぞ、と大きな猫足のソファをすすめられ、腰を下ろす。

部屋には暖炉《だんろ》が据えられていて、黒く煤《すす》けた様や脇に置いてある火かき棒から、冬場には本当に薪《まき》をくべているようだった。暖炉を囲むように配置された二人掛けや一人掛けのソファは、住人の団欒《だんらん》を連想させる。たっぷりと置かれたクッションにはいずれも手縫《ぬ》いと思われるカバーがつけられ、祖母の手仕事によるものかもしれなかった。

マントルピースに据えられた写真立てを、つぐみは眺めた。洋館の前で撮られたものだろう、中央に祖母が、そして彼女を囲むように下宿人と思われる人々が立っている。そんな同じ構図の写真が、顔ぶれを変えながらいくつも並んでいた。長い間、祖母がここで下宿屋の主人として生きてきた証《あかし》だった。

一枚だけ、趣《おもむき》の違う写真があった。幼い少女の肩に手を置く祖母の姿。つぐみは、その少女が自分であると気づいた。

（そういえばあの時——帰り際に、一枚撮ったんだっけ）

冷えた麦茶をお盆に載せて、柏木が戻ってきた。ありがとうございます、とグラスを受け取りながらつぐみは尋ねた。

「柏木さんは、ここは長いんですか？」

「管理人をするようになってからは、七年になります。でも、もともと私もここの下宿人だったので、廉子さんとは十五の時からのお付き合いでした」

写真立てのひとつを手にとって、これが私です、と指さす。

表情に幼さの残る少年が、祖母の横で、どこか硬い表情で立っていた。思った通り、今と同じ丸眼鏡をかけている。

「ああ、確かに面影がありますね。……失礼ですけど、柏木さんはおいくつですか？」

「三十二です」

頭の中で計算してみる。

「じゃあ、昔私がこの家に来た頃、もしかして柏木さんもいたのかしら」

「――実は、その時のつぐみさんに、会ったことがあるんですよ」

懐かしそうに、柏木が目を細める。

「え、本当に？」

「といっても、大して話もしていないんですが。私も当時は思春期真っ盛りで、小学生の女の子と仲良くするタイプではなかったですし。……でも、つぐみさんがこの家に来た時のことは、よく覚えています。廉子さん、とても嬉《うれ》しそうでしたからね」

祖母が嬉しそうだった、と聞いて、つぐみはどきりとした。

「そうなんですね――なんだか不思議な気分です。私、昔から引っ越しが多くて、子どもの頃の知り合いに会うことなんてなかなか無いから」

「私も不思議な気分です。さっき玄関先でお見かけした時、大きくなったなぁ、と――いや、この言い方は変ですね、大人の女性に」

はにかむように柏木は眼鏡をかけなおした。

妙にくすぐったい気分だった。柏木の穏やかな語り口と態度が、ひどく心地よい。

「下宿は、まだ続けているんですよね？」

「ええ、今は皆出かけているので、夜にご挨拶《あいさつ》させてください」

柏木はつぐみの荷物を持つと、二階の客間へと案内した。屋敷は全体的にコの字型を描いており、客間は庭に向かって張り出した右翼の端だった。

「二階には下宿人達の部屋もあるので、ちょっと騒がしいかもしれませんが」

「構いません。柏木さんもここに住んでいるんですか？」

「私は離れに部屋が。――ああ、ここから丁度見えますよ。あそこです」

窓の向こうを指さす。はめ込まれた窓硝子は微妙に波打った作りで、外の風景を揺らいで見せた。明治や大正期に作られた硝子は平面ではなかった、と聞いたことがある。かなり古い家なのだ。

広い庭には、夏の草花が色鮮やかに配置されている。その合間には煉瓦の小道が敷《し》かれ、庭の向こうは林に繋がり、手前に平屋の小さな建物が佇んでいた。

「元は温室だったところなんですが、改装して使っています」

「へぇ、なんだか秘密基地みたいですね。……昔も思いましたけど、広い庭ですよね。祖母が手入れを？」

「ええ、廉子さんの生きがいでしたからね。私も手伝いながら、色々と教えてもらいました。できれば、これからも残していけるといいんですが……」

あ、と柏木は口を噤《つぐ》んだ。

「──すみません、これはただの、私の個人的な希望ですから」

苦笑するように言われて、つぐみははっとした。

この家や土地がどうなるか、それは相続した人間が決定権を持つ。柏木は、うっかり出過ぎたことを言った、と思ったらしい。

（大人になると、厄介──家族の死はただの感傷じゃない。お金や権利が絡むんだから──）

午後になると葬儀社の担当者がやってきて、今後の流れを説明してくれた。今夜が通夜で、明日が葬儀と火葬。この地域では、通夜は親族だけで行うのが一般的で、弔問《ちょうもん》客を迎えるのは葬式の段になってからだという。今夜はつぐみが和室に布団を敷いて、棺の傍《そば》で一晩付き添うことになった。

やがて下宿人達が帰宅し、それぞれつぐみに挨拶をした。現在ここで暮らしているのは三人で、皆つぐみよりも年下だった。そのいずれからも、どこか不安そうな表情が覗いていた。

（この下宿が無くなるかもしれないから、不安に思っているのかな……）

祖母の棺の傍《かたわ》らに布団を敷いていると、柏木が顔を出した。

「何か問題はありませんか？」

「いえ、大丈夫です」

「何かあれば、すぐ呼んでください。私は離れにいますから」

「はい。……あの、柏木さん」

「はい？」

「祖母は何か、遺言書などは残していたでしょうか」

「……実はそのことで、明日弁護士が来ることになっています」

「そうですか……」

つぐみは、棺の中で眠る祖母の顔を見た。

「柏木さん」

「はい」

「私は祖母のこと、ほとんど何も知りません。好きだった曲も知らないし、一緒に庭いじりしたこともない。身内だというだけで——こうして最期に一緒に過ごすけど、本当はこの下宿で一緒に過ごしていた皆さんが、祖母にとっては家族だったんだと思います。どうか私に遠慮なさらないでください」

柏木は少し驚いた顔をして、

「ありがとうございます」

と淡く笑った。

「あの——私の母と祖母の間に、何があったのか、柏木さんはご存じですか？」

柏木は、静かに扉にもたれた。

「つぐみさんは、何か聞いていますか？」

「私は何も知りません。……ただ子どもの頃から、母は祖母に関する話題を一切口に出しませんでした。嫌っているというよりは、できるだけ、遠ざけておきたいような——そんなふうだった気がします」

夕方、シンガポールの父からメールの返信があった。父も、やはり母の消息はわからない、と書いてあった。できるだけ早く日本に帰るようにするが、葬儀には間に合わない、とも。

「瑞穂さんは……この屋敷が嫌いだったんです」

柏木の言葉に、つぐみは首を傾げた。

「ここが？」

「正確には、ここに住む、私達のことが——嫌いだったんです」

「それは……どうしてでしょうか」

柏木は頭《かぶり》を振った。

「今夜はこの話はやめておきましょう。瑞穂さんは廉子さんの娘で、間違いなく、廉子さんに愛されていました。——それは確かです」

おやすみなさい、と柏木は部屋を出て行った。

一気に、部屋には静寂が満ちた。

つぐみはしばらく思案しながら、やがて寝支度をした。

「おやすみ、おばあちゃん」

小さく言って、電気を消す。

横になりながら、こうして死者の傍に付き添うのは、本来は見張りの意味があったのだ、と葬儀社の担当者が話してくれたのを思い出していた。

——ご遺体を邪霊から守るために、一晩中火を絶やさないようにするんです。

そう聞いて連想したのは、野外では獣《けもの》を近づけないために火を絶やさないようにする、という話だった。なるほど、獣が火を恐れるなら霊もそうだ、と昔の人は考えたのかもしれない。

闇の中で、祭壇の蠟燭《ろうそく》がぼんやりと天井の模様を照らし出した。蠟燭といっても、火事にならないようにと電気式なので、最近は便利になったものだ、と思う。線香も朝まで持つというもので、確かにいずれも昔であれば、火を絶やさないように一晩中誰かがそれを見ていなければならなかっただろう。随分現実的な意味合いのしきたりなのだ。

明日は忙しいし、今日もなんだかんだと慌ただしかった。早く寝よう、と思ったものの、つぐみはなかなか寝付くことができず、何度も寝返りを打った。

(見張りなんだから、眠らないほうが自然よね)

そう考えて、途中からは諦め、目を閉じるのをやめた。

柏木の言葉を反芻した。母は、この屋敷が嫌いだった、と彼は言った。そこに住む下宿人達が嫌いだったのだ、と。

(下宿人がいるのが嫌だった？　それが不仲の原因？　そんなことで？)

母は、家に他人がいることを気にするような繊細な性格だったのだろうか。そうだったとしても、それで祖母と絶縁状態になるだろうか。

静かだった。つぐみが暮らすマンションは大きな道路に面しているから、夜でも車やバイクの通る音が響いたが、ここではひっそりとした静寂だけが広がっている。それが逆に、落ち着かない。

考えが錯綜《さくそう》する中で、昨夜、圭介が結婚式の話をしたのを思い出した。その話をしながら、ちらちらとこちらの様子を窺っていたことも。

彼は、自分との結婚を考えているのだろう。それはいつからか感じていることだった。温かい家庭、というものに憧れのある圭介は、そもそも結婚願望が強い。

しかしつぐみは戸惑っていた。同じように、家族というものにあまり恵まれたほうではないつぐみではあったが、結婚に対して圭介のように純朴な憧れは抱けなかった。

（思い描けないいんだもの——）

自分がそんな家庭の中にいる様子が、想像できない。どうしてそんなふうに、幸せを素直に信じることができるのだろう。父は、母と結婚する時に、いずれ妻が失踪《しっそう》することなど考えていただろうか。祖母は娘を産んだ時、その子と絶対的な不和を迎えると、想像したただろうか——。

そんなことを考えながら、いつの間にか眠っていたらしい。ふと、何か物音がした気がして、意識を浮上させた。ぼんやりと目を開けると、蠟燭の光が薄らと目に沁《し》みた。

その光に照らされて、ゆらゆらと、天井に影が映し出されている。人の影のようだ——そう思って、つぐみははっとした。

視線だけ、ゆっくりと、棺と祭壇へ向ける。

棺の足元に、誰かがいた。

柏木か、と思ったが、違った。下宿人でもない。

つぐみは体を強張らせた。

仄暗《ほのぐら》い明かりの中に、見覚えのない青年の姿が浮かび上がっている。

思わず息を殺した。何者かわからないが、つぐみが目を覚ましたと知れば、何をされるかわからない。一方で、大声を出したほうがいいのでは、とも考える。そうすれば、二階にいる誰かが気づいてくれるはずだ。

ところが声を出そうにも、喉《のど》はひくついて言うことをきかなかった。

青年は、静かに棺を見下ろしていた。

強盗にしてはおかしかった。彼の服装は、正装でもしているような丈の長い黒の上着、襟《えり》元にはタイ。喪服、というにはどこかちぐはぐな印象で、どちらかというとシルクハットでも被れば、夜会に招待された紳士とでもいった風情だ。

そしてその姿は、映像が乱れた時のアナログテレビのように、時に間延びしたり、薄くなったりしている。

次の瞬間、ふっと蠟燭が消えた。

闇が満ちる。

ひくっ、とつぐみは喉を鳴らし、身を震わせた。

動けなかった。すぐそこには、謎《なぞ》の人物がいるのだ。しかし動いた気配は無かった。カーテンの隙間《すきま》から僅かに零《こぼ》れる月明かりで、視覚が少しずつ部屋の中を捉《とら》え始めた。恐る恐る棺の周りを探る。

人影は見当たらない。いつの間にか移動したのか、と部屋中を見回したが、気配はない。つぐみは、ゆっくりと体を起こし、蛍光灯のスイッチを探った。

部屋がぱっと照らされる。身構えたが、誰もいなかった。

用心して、箪笥《たんす》を開けてみたり、物陰を全部覗き込んだが、どこにもいない。窓には鍵がかかっていた。

ゆっくりと息を吸って吐く。いつの間にか汗だくだった。

消えてしまった蠟燭を手に取ると、途端にぽっと明かりが灯った。接触不良か何かだったようだ。

(今のは、夢……？)

人がいたと思ったところまでは、寝ていたのだろう。汗を拭いて、つぐみは再び電気のスイッチに手を伸ばす。

線香の香りが充満した部屋の中で、何か青々と清冽《せいれつ》な匂いがした気がして、つぐみは視線を彷徨わせた。どこからか、芳醇《ほうじゅん》でむせかえるような香りが漂ってくる。古くなった蛍光灯が、ジジ、と音を立てて室内を照らした。

香りを辿るように、ゆっくりと歩を進める。

横たわった祖母の胸元に、昨晩眠りにつく時には無かったはずの花が一輪置かれていた。


翌日の葬儀は滞《とどこお》りなく進み、多くの近所の住人や、かつての下宿人達がやってきて参列してくれた。つぐみは喪主として慌ただしく動き回り、慣れないことに戸惑いっぱなしだった。行き届かない部分には柏木が細かく目を配ってくれて、心の中で何度も感謝せずにはいられなかった。

考えることもやらなくてはならないことも多すぎる。昨夜のことは頭の隅《すみ》に追いやられていた。

火葬場で棺を前にして、

「これが故人様のお体との最後のご対面となります」

と言われた時、ようやくつぐみは、これが祖母との永遠の別れなのだ、という実感を得た。

すすり泣く声が響いてくる。見ると、一人の女性がハンカチを握りしめて、肩を震わせていた。横の男性が、気遣うようにその肩を抱く。すぐ傍で佇んでいた制服姿の少年も、泣くのを堪えるように唇を引き結んでいた。

いずれも、昨夜挨拶を交わした下宿人達だった。

（ああ、おばあちゃん、本当に慕われていたんだ……）

その様子に、つられるように鼻の奥がつんとしてくる。

と、彼等の後ろに、はぐれたように佇む人影に気づいて、つぐみは息を呑《の》んだ。

蜃気楼のような、虚《うつ》ろで歪んだ黒い影だった。表情は見えない。輪郭《りんかく》がぼんやりとしていて覚束《おぼつか》ない。

しかしそれが、昨夜と同じ人影であるとつぐみは直感した。

「つぐみさん？　どうしました？」

すぐ横で、柏木の声がしてつぐみははっと顔を上げた。

「あ――」

ぽかんとした様子のつぐみに、柏木が怪訝《けげん》そうに声をひそめる。

「気分でも？」

「いえ、あの、あの人――」

つぐみは人影に視線を戻す。

しかしそこには、もう何の影も形もない。

「え、誰ですか？」

「……あそこ、あの、あそこにさっきまで、男の人がいましたよね？」

「え？」

「──なんていうか、こう、普通のスーツじゃなく、黒い燕尾《えんび》服みたいな恰好《かっこう》で……」

柏木は丸眼鏡の向こうで目をぱちぱちとさせた。

「いえ、あそこには誰もいませんでしたよ」

棺が、炉《ろ》へ向かっていく。

つぐみは混乱する頭を振って、祖母の棺を見送った。

(今のは、夢なんかじゃない──)

遺体が焼かれている間、つぐみは落ち着かなかった。出された食事にも手をつけずぼんやりとしていると、その様子に気づいたのか、皆の間を動き回っていた柏木が隣に座った。

「つぐみさん、大丈夫ですか？」

「……柏木さん、昨日、おばあちゃんの棺に、花を置きました？」

「……いいえ？」

「誰かが、置いていったみたいなんです。夜中に……」

「…………」

「下宿の、誰かでしょうか。さっき見たのも、その時の人だったと思うんです」

「──それは、若い男性ですか？」

つぐみははっとして、頷《うなず》いた。

「そうです。知っている人ですか？」

柏木はなんともいえない表情になり、口許《もと》を手で覆《おお》った。

「……いえ」

考え込むように、じっとつぐみを見つめる。しかし柏木はそれ以上、何も言わなかった。

遺骨を携《たずさ》えて九十九館へ戻ったのは、日暮れが近い頃だった。

まもなく、葬儀にも参列してくれた弁護士がやってきて、鞄から祖母の遺言書を取り出した。

「『遺産のすべては、孫である長門つぐみに相続させること。長門つぐみは、これを受け取るにあたり、九十九館をその生涯に渡り取り壊したり売買してはならない。この条件が受け入れられない場合、長門つぐみはすべての相続権を失い、すべての現金、土地、資産は、次の慈善団体へ寄付するものとする──』」

弁護士は、淡々と文面を読み上げていった。冷えた暖炉を抱えた広間には、弁護士とつぐみだけが向き合っている。

「――これが、遺言書の全文となります」

「全部、私に、ですか……」

すべてを自分に相続させようという祖母の遺志に驚いたし、何よりもそれ以上に、この九十九館に対する祖母の想いに気圧された気分だった。何をおいても、この家のことが第一条件になっている。

(この家が、本当に、大切だったんだ……)

弁護士を帰してから、つぐみはしばらく、テラスから庭へ下りる階段でぼんやりと座り込んでいた。夕暮れの向こうから鈴虫やコオロギの鳴き声が響いて、夏が終わりに近づいているのを感じる。

「――ああ、ここにいたんですか。姿が見えなかったので」

柏木が顔を出した。

「すみません、何かありました?」

「いえ、大丈夫ですよ。疲れたでしょう。甘い物でもどうですか」

そう言って柏木は、小さな木の籠《かご》に入れたクッキーを差し出した。礼を言って一枚手に取ると、温かいのに気づく。

「もしかして、焼きたてですか?」

「ええ。といってもアイスボックスクッキーなので、冷凍していた生地を焼いただけです。……廉子さんが、作り置きしていたものなんですよ」

つまり、このクッキーは亡くなった祖母の手作り、ということだった。口に含むとさくり、とほどけ、濃厚なバターを感じる甘みがほろほろと広がった。

「……おいしい」

「つぐみさんに食べてもらえて、廉子さんもきっと喜んでますよ」

柏木もひとつつまみあげ、口に入れた。もうこの世にいない人が作ったクッキーを食べているというのは、不思議な気分だ。

「柏木さんは甘い物、お好きなんですか?」

口角を上げて美味しそうに頬張る柏木の様子に、つぐみはちょっと笑った。

「はい、大好きです」

「珍しいですね、男性で」

「そうですね、廉子さんの影響でしょうか。よく色んなお菓子を作ってくれましたから」

「そうですか……」

そういえば、あの夜のお茶会の時も、焼きたてのケーキがお皿に載っていた――とつぐみは思い出した。

日が山の端《は》に姿を沈め、その僅かな光の残像をまとった薄明るい群青色の空が広がっていく。真珠を散らしたような星達が、ちらちらと輝き始めていた。

(あの、屋根裏の、誰か——)

幼い頃に聞いた、姿の見えない、声だけの人物。

(あれは、誰……？)

TSUKUMOKAN

第二夜

「え、牧野《まきの》さん、ずっと休んでるんですか？」

久しぶりに出社したつぐみは、始業時間になっても隣の席に牧野がいないことに気づいた。

九十九《つくも》館についてはこれまで通り柏木《かしわぎ》に管理を任せることにして、つぐみは元の生活に戻った。時折遺品の整理をしに訪ねる予定ではあるものの、基本的にはつぐみはただの大家で、あの家に住むこともないだろう。

戻ってみると、住み慣れたマンションに、騒がしい音、人の波、どれも元のままで、九十九館はまるで異世界にすら思えた。

牧野がもう何日も連絡もせず会社を休んでいる、と知り、つぐみは急速に現実に引き戻された。小川《おがわ》は疲れた表情でパソコンに向かいながら、顛末《てんまつ》を話してくれる。

「そうなの。……この間、ちょっと、私が叱《しか》ったのよ。あの子、なんで自分はこんな雑用みたいなことばかりさせられるのか、って私に言ってきてね。前の会社じゃ、もっと色んな仕事を任せられて評価されていた、って。でも彼女、仕事を安心して任せられるような勤務態度じゃないし、健康状態のこともあるでしょ。体調が悪いっていうならちゃんとセルフメンテナンスすべきなのに、朝まで遊んでるなんて……。そういったことをきちんとできない人に仕事を任せられない、って話をしたんだけど。そしたら……」

「そうしたら？」

小川は眉をハの字にした。

「いきなり、泣き出したのよ。それも大声で、わんわんと子どもみたいに」

「ここで、ですか？」

「オフィスのど真ん中よ。みんな見てた」

想像すると、いたたまれない光景だった。周囲はさぞ困っただろう。

「それで、『ひどい、小川さんは私のことが嫌いなんです！　私、もうやっていけません！』って叫んで……早退しますって鞄《かばん》を摑《つか》んで、帰っちゃったの。それきり、出社しないし、電話にも出ない」

「……家には、行ってみました？　確か都内で一人暮らしでしたよね」

「私は行かないほうがいいって、本部長に言われたわ。お前のせいだからって……。お前の顔見たらもっと事態が悪くなるから、人事部の人間を行かせるって」

小川は困惑しているようだった。しかも唯一の女性管理職が、部下の女の子と揉《も》め事を起こしたというのは、どう考えてもマイナス評価に繋《つな》がるものだ。

「何も言わずに会社に来なくなるなんて、社会人としてどうかと思うわ、本当に……。辞めるつもりなら連絡くらいしてほしいし」

「大変でしたね……すみません、そんな時に長く休んでしまって」

「ううん、長門《ながと》さんこそ、大変だったでしょう。もうご実家のほうは大丈夫なの？」

「はい」

「そう、よかった。悪いけど、仕事が山積みなの。牧野さんの分もあるし……頼りにしてるわ」

「……はい」

それからの一週間は、残業の日々が続くことになった。晩夏の暑さは次第に弱まっていき、少しずつだが過ごしやすい季節が訪れていたが、つぐみはそんなことを感じる余裕もなかった。

目にするのは、オフィスの窓越しに夜の闇《やみ》に光るビル群、そして赤々とした東京タワーばかりだった。

そんな日が続いたある夜、夜食を買いにオフィスを出ると、携帯が鳴った。見ると圭介《けいすけ》からメッセージが入っていて、今度の日曜に横浜《よこはま》のディナークルーズに行こう、という誘いだった。以前横浜でクルーズ船を見たつぐみが、乗ってみたい、と言ったことを覚えていたらしい。

そういうところはマメだな、と思いながら、つぐみは行きたい、と返した。

クルーズは日曜の予定だった。土曜の昼間、週末にゆっくりするのは久しぶりだったので、つぐみはお菓子を作ることにした。九十九館で食べたクッキーの味が忘れられず、いつでも食べられるように、自分でも生地を冷凍して作り置きしておきたかった。

味見のために何枚かをオーブンで焼き、残りはラップして冷凍庫に入れる。やがて香ばしい甘い匂いが台所に漂い始めて、つぐみは幸せな吐息《といき》を漏《も》らす。このひと時が好きなのだ。

部屋のチャイムが鳴った。今夜は圭介が泊まりに来て、明日一緒に横浜へ出かける予定だったが、それにしても早い。

玄関を開けると圭介が匂いに気づいて顔をしかめた。

「何か作ってる？」

「クッキー焼いてる。ちょっと待ってて。こんなに早く来ると思ってなかったから……」

圭介はちらりとオーブンを見て、ふぅん、とだけ言った。焼き上がったクッキーを取り出して味見していると、圭介が手を伸ばしてきた。

「え、食べるの？」

「一口だけ。久しぶりに食べてみようかと思って」

甘い物は好きではないが、食べられないわけではない圭介は、クッキーを口に放った。

「どう？」

「――甘い」

美味《おい》しそうな表情ひとつせず、圭介は嚥下《えんげ》した。

「やっぱりしょっぱい物のほうがおいしいな。――なぁ、夕飯何か作ってよ。つぐみの料理が食べたい」

「……じゃあ、買い物に行かなきゃ。今、何もなくて」

つぐみは、無意識に柏木の顔を思い浮かべた。美味しそうにクッキーを頰張《ほおば》る姿が思い出されて、ああいう人に食べてもらえたら作り甲斐《がい》もあるものだ、と思う。

二人は近所のスーパーへ行って、食材を買いこんだ。幼い頃から、母親がいなかったので家事をこなしていたつぐみは、大抵の料理はできる。一方、圭介も同じような家庭環境でありながら、まったく料理ができなかった。外食かカップ麵《めん》というのが彼のいつもの食事で、だからこそ、家庭的な料理への欲求が強いらしい。つぐみによく手料理をせがんだ。

会計を終えると、圭介は右手で買い物袋を提《さ》げ、左手でつぐみの手を取った。

家に帰ると、つぐみは早速台所に立ってエプロンをつけ、腕まくりをする。この日の献立は筑前煮《ちくぜん》と野菜炒め、ご飯に大根と油揚げの味噌《みそ》汁にした。

自分一人の時は、こんなにきちんとした食事を作ることはない。父と一緒に暮らしていた頃は、父のために頑張って作ろうと思えたが、やはり自分のためだけにそこまでの労力を使う気にはなれないものだ。だから最近では圭介が一緒の時だけが、腕をふるう場だった。

圭介はテレビをつけながら雑誌を読み始めたが、やがて匂いにつられるように台所へ入ってきた。

「いい匂い」

「もうちょっとだから」

鍋の中に味噌を溶かしながら、つぐみは言った。すると、後ろから圭介が抱き付いてくる。

「やっぱりいいよなー、こういう、料理してる姿」

「──そう?」

「毎日こうして、美味しいご飯食べれたらいいのにな」

つぐみは、黙って手を動かし続けた。

おかずを頬張った圭介は、先ほどのクッキーを食べた時とは打って変わって、美味しそうに、満足げな表情を浮かべた。

食事を終え、つぐみは食器を洗いながら明日のことを考えた。もしかしたら久しぶりに、圭介と楽しい時間が過ごせるのかもしれない。

風呂に入っていた圭介が出てきて、ベッドにごろりと横になる。

付き合い始めた頃、つぐみが食事を作ると決まって皿洗いを買って出てくれたのを思い出した。

翌日はよく晴れて、二人は昼間から横浜へ出向いた。中華街へ行き、さらに山下《やました》公園や赤レンガ倉庫をぶらぶらしたが、どうにもさほど盛り上がらなかった。

それは、つぐみの気持ちの問題だけではない気がした。圭介が、妙に気もそぞろなのだ。

「気分でも悪いの？」

思わずつぐみが尋《たず》ねたが、圭介は「別に」と言うだけだった。

日が暮れ、大《おお》さん橋《ばし》から真っ白なクルーズ船に乗り込むと、船内のレストランはカップルや家族連れなどで賑《にぎ》わっていた。つぐみは小さな窓の外を覗《のぞ》き込む。みなとみらいの夜景が浮かび、ランドマークタワーや観覧車が輝いている。

「窓の外を見なかったら、船の中とは思えないわね」

ドレスコードがあるわけではなかったが、つぐみは白のワンピースにカーディガンを羽織り、それなりにめかしこんでいた。圭介もシャツにジャケットと、気を使っているようだ。

食事は横浜らしく中華料理のコースで、ピアノの生演奏が流れてくる。やがて船はベイブリッジを抜け、東京湾へと進んでいった。

「いらっしゃいませー！　楽しんでいらっしゃいますか？」

コース料理もメインに差し掛かった頃、スタッフと思われる制服姿の女性が二人のテーブルへやってきた。わかりやすくシルクハットを被っていて、どうやらマジックショーをしてくれるらしい。

女性はトランプを取り出して、ざっとテーブルに並べて見せた。それを鮮やかにシャッフルすると、つぐみに差し出す。

「一枚引いてください。数字を覚えて、私には見えないようにここに戻してください」

つぐみが引くと、ダイヤのクィーンだった。圭介にも見せて、束に戻す。

すると女性は、そのままカードをテーブルの上に置いた。そして、

「今から呪文を唱えます！」

と上着のポケットを叩きながら、何かを呟《つぶや》いた。ポケットから一枚のカードが出てくる。

「今引いていただいたカードは、これですね？」

彼女の手には、ダイヤのクィーンが握られていた。

つぐみは歓声を上げ、素直に拍手した。基本的なマジックであろうが、どうやったのかわからない。

「では、このカードを握りしめていてください。くしゃくしゃにしていいですよ」

言われるがまま、つぐみはもらったカードを右手で握ってくしゃくしゃにした。

「握ったまま開かないでくださいね」

ポケットから赤い風船を取り出した女性は、ぷうっと息を吹き込んで膨らませる。

「ワン、ツー、スリー！」

パンッ、と風船が割れた。中から、くしゃくしゃになったカードが飛び出してくる。女

性がカードを開くと、ダイヤのクィーンだった。

　つぐみは驚いて自分の握った右手を見る。

「どうぞ、手を開いてみてください」

　そっと手を開いた。

　すると、カードは消えており、代わりに銀色に光る輪——指輪があった。

　ダイヤが輝いている。つぐみは、唖然《あぜん》としてそれを眺めた。

「つぐみ」

　圭介が、少し強張った面持ちでこちらを見た。

「——結婚しよう」

　手品師の女性は、にこにこと様子を見守っている。プロポーズの瞬間に立ち会い演出した自分に満足げだ。

　つぐみはしばらく何も言えなかった。隣の席からも視線を感じる。皆、つぐみが感極まって「はい」と言うのを待っているのだ。

　頭が真っ白になった。

（結婚——圭介と、この先ずっと一緒に——？）

「………少し、考えさせて」

一気に場の温度が変わった気がした。

隣席の客はそそくさと視線を逸らし、手品師は静かに他のテーブルへ移動し、そこでまたマジックを披露し始めた。

圭介はまさか、という顔をした。

受け入れられないことなど、想像もしていなかったらしい。そして表情を無くして無言になった。

デザートが運ばれてきて、つぐみは機械的に口へ運んだ。このいたたまれない空気をどうしたらいいのか、と思う。ここは海の上で、勝手に帰ってしまうこともできないのだ。ロマンチックな雰囲気にサプライズの演出、プロポーズの段取りとしてはもちろん十分であろうが、この場合、ここは最悪の場所に思えた。

圭介はデザートに手をつけもせず、携帯を取り出した。ゲームでも始めたのか、こちらを見ようともしないで、携帯をいじり続けている。

やがて、何も言わず立ち上がった。

「どこ行くの？」

「……トイレ」

それだけ言って、レストランを出て行く。

食後のコーヒーが運ばれてきたが、圭介は戻ってこなかった。周囲では、楽しそうなカップルや、何かの記念日と思われる家族の笑顔が溢《あふ》れていた。

つぐみは一人ぽつんと取り残されたまま、窓から外を見つめていた。コーヒーがひどく苦く感じる。ピアニストが、バースデーソングを弾き始めた。誰かの誕生日なのだろう、スタッフが蠟燭《ろうそく》の灯《とも》ったケーキを運んできて、あるカップルのテーブルに置いた。どこからともなく、他の客達も拍手する。つぐみも、静かに拍手した。

船内アナウンスが、もうすぐベイブリッジの下を通過する旨を伝えると、乗客達はこぞってサンデッキへと上がっていった。彼等に逆走するように、圭介が戻ってくる姿が見えた。

「――デッキへ上がらない？　ベイブリッジが見えるって」

「今、見てきた」

圭介は椅子《いす》に座ると、冷めたコーヒーに口をつけた。

レストランには、もう二人しかいなかった。しんとしたフロアの中、スタッフが皿を片付けている。

気まずい空気に耐えられなくなり、つぐみは立ち上がった。圭介は何も言わなかった。デッキへ出る階段を、一人上がっていく。扉を開けると、ひゅうと冷えた夜風が髪を揺らした。一足先にやってきていた他の乗客達は、そこここで盛り上がっている。

皆、頭上を通り過ぎていくベイブリッジを眺めて歓声を上げたり、写真を撮っていた。ライトアップされた橋はどこか幻想的だ。

若い女の子の四人グループが、つぐみに声をかけた。

「すみません、撮ってもらってもいいですか?」

「ああ……はい」

携帯を渡され、満面の笑みの彼女達と、背景にベイブリッジの煌々《こうこう》とした姿を撮影してやる。ありがとうございました、ときゃあきゃあ言いながら去っていく彼女達の背中を眺めながら、つぐみは周囲を見回した。

つぐみのように一人でいる者など、誰もいない。

デッキの手すりに手をかけ、海風に顔を晒《さら》した。少し寒い、と感じて、カーディガンを席に置いてきてしまったことに気がつく。しかし取りに戻りたくなかった。船が陸に着くまでは、ここにいよう。手すりの下に広がる、暗い海を覗き込む。

誰かが、自分の傍《そば》に立ったのを感じた。圭介がやってきたのかもしれない、と顔を上げる。

しかしそれは、圭介ではなかった。

遠ざかっていくベイブリッジの光が後方から差し込み、顔は陰になってよく見えない。息を呑《の》んで、傍《かたわ》らの人物を見上げる。

黒く長い上着にグレーのベスト、立ち襟《えり》の白いシャツ、深い赤の光沢あるタイ、胸から下がった銀の鎖……。

幽鬼《ゆうき》のようにその姿はおぼろげだった。歪んだり、薄くなったり、残像のようであったりした。

つぐみは硬直して動けず、ただ目を瞠《みは》ってその人物を見つめた。

大さん橋に船が近づいていく。その時、さっとライトの光が当たった。

蜂蜜《はちみつ》色の艶《つや》やかな髪が輝いた。宝石のような双眼が、こちらに向けられている。エメラルドのような緑に縁どられた琥珀《こはく》の瞳は、まるで万華鏡を覗き込んだように幻想的だ。

青年は、つぐみに淡く微笑《ほほえ》みかける。

「誰なの――」

喘《あえ》ぐように、ようやく、声を絞りだす。

青年は口を開いた。何か言っているようだった。

しかしつぐみの耳には何も届かなかった。ただ、デッキで楽しむ人々の声だけが響いている。

「何？　聞こえない――」

青年は悲しそうな表情を浮かべる。

そして、右手でそっと、つぐみの頬に触れた。

次の瞬間、その姿は弾《はじ》け飛び、塵《ちり》のように霧散してしまった。

乗客達の楽しそうな笑い声が、妙に現実を感じさせる。つぐみは呆然として、その場に立ち尽くした。

触れられた頬に、手を当てる。確かな温《ぬく》もりが、あった気がした。

しばらく、体が震えていた。寒さのせいではなかった。

ひどく長く感じたクルーズが終わり、大さん橋へ船が横付けされる。下船すると、圭介が出口で待っていた。

二人とも、無言で並んで歩きだす。しかし、その行き先が駅ではないことにつぐみは気がついた。

「……ねぇ、どこ行くの？」

「ニューグランドを予約してあるんだ。お前、泊まってみたいって言ってただろ」

ホテルニューグランドは横浜の有名なクラシックホテルだ。確かに、一度は泊まってみたいと思っていた。

圭介の計画では、プロポーズ成功からのこのサプライズ、という流れだったのだろう。

(今この状況で、行くの……?)

圭介の中で予定していたことだとはいえ、信じられない思いで、つぐみは彼の顔を見た。

しかし強く手を引かれ、拒めなかった。彼のプロポーズに泥を塗《ぬ》ったという負い目もあった。

その夜の圭介は、しつこく無遠慮だった。まるで気持ちを体で繋ぎ止めようとでもするようだったが、つぐみはどこか、遠いところから自分を眺めている気がした。

何も感じず、空虚な気分だけが残った。


デッキで体を冷やしたのがいけなかったのか、翌日になるとつぐみは体調を崩した。

仕事を終えると、ふらふらしながら家に帰りつく。熱を計ると三十八度だった。家にあった風邪《かぜ》薬を飲んで、布団を被る。今の状況で会社を休むのは難しいので、明日の朝には下がっていることを祈った。

一人暮らしの身で体調を崩すことは、これが初めてではない。しかしこの心細さとは永遠に別れることができないらしい。一度横になってしまうと、体が重くて動くのも辛かった。

傍らにあった携帯に手を伸ばす。圭介はもう家に帰っただろうか。昨日のことがあって、どこか関係がぎくしゃくしていたが、しかし気持ちも弱っていたつぐみは思わずメッセージを送った。

『熱が出て動けない』

しかし、しばらく待っても既読にならなかった。

二時間程経《た》った頃、携帯が振動した。

『今、会社の飲み会中』

波が引いていくような気分になり、つぐみは携帯を置いた。こんな時だけ都合よく縋《すが》ろうとした自分を叱りつけたくなった。

本当に弱っているらしい。勝手に、涙が滲《にじ》んだ。

朝になると熱は下がっていたが、体はだるかった。マスクをして出社し、仕事をこなした。圭介からは、あれから何の連絡もなかった。

会社に訴状が送られてきたのは、それから数日後のことだった。

「小川さんをパワハラで訴える――って、言ってきたんですか？　牧野さんが？」

話を聞き、つぐみはぽかんとした。

会社近くのイタリアンでランチをしながら、小川は暗い表情だった。

「そう。私のせいで精神を病んで、会社に来れなくなったんですって。怒号を浴びせられて、人格を否定するようなことを何度も言われたって……」

「………………」

あまりに呆《あき》れて、つぐみは何も言えなかった。

「それ、本部長のことではなくて？」

「違うわ。私が牧野さんに対して、よ」

「どう……するんですか？」

「多分、裁判になればこっちが勝つわよ。誰か私があの子に理不尽な対応をしたの、見たことある？　――でも会社としては、和解金を払って収めたいんじゃないかしら。裁判になれば、社名が外部に出てしまうもの。実際は逆恨みだといっても、世間はそう思わないでしょうし」

「そんな……」

納得いかず、つぐみは眉をひそめた。

「小川さんが本部長を訴えるなら、わかりますけど……」

「そんなことしないわよ。あんなやつにそこまで時間と労力かけるほど、暇じゃない。だったらさっさと別の職場探すわ。――牧野さんは、暇なのよ。あと、恐らくお金がないのね」

一刀両断に言い放つ。気丈に振る舞っているが、内心ではショックを受けているのだろう、とつぐみは思った。小川は、パスタをフォークに何度も巻き付けながら、ほとんど口をつけなかった。

携帯が鳴る。圭介からのメッセージだった。

『今晩うちに来れる？』

つぐみは、しばらくその文面を眺めた。そして、行く、とだけ返した。

「彼氏？」

小川が尋ねた。

「はい……」

「最近、うまくいってるの？　確か、結構長い相手よね」

「それが――実はこの間、プロポーズされて」

え、と小川が声を上げる。

「そうなの？　じゃあ結婚するの？」

「まだ……返事、してないんです。色々、考えてて――」

つぐみは言葉を濁《にご》した。ただ、そう言った瞬間に、違う、と思った。

自分の気持ちはもう、定まっている。

その日も残業で遅くなったものの、つぐみは会社を出て、真っ直ぐに圭介のアパートに向かった。

「熱、もう大丈夫なのか？」

玄関先で今更ながらに言われて、つぐみは「うん」とだけ答えた。

部屋に入ろうとせず、そのまま立っているつぐみに、圭介は怪訝《けげん》そうな顔をする。

「何やってんだよ、入れば？」

「——これ、返す」

つぐみは、指輪を差し出した。圭介は無言でそれを見つめる。

「結婚はできない。……ごめんなさい」

圭介はため息をつき、呆れたように笑った。

「何か、怒ってるのか？」

「違う。——圭介とはうまくいかないと思う。……もう、別れよう」

「いきなりどうしたんだよ」

「いきなりじゃない……本当は、ずっと考えてた」

長居してはいけない、と思った。説得されれば、もしかしたら心が揺らいでしまうかもしれない。しかし、一時の感情でやり直しても上手《うま》くいかないだろうことは、確信がある。

「話はそれだけだから。——もう帰る」

「おい、なんだよ！」

踵《きびす》を返そうとするつぐみの腕を、圭介が掴んだ。

「そんな、一方的にそんなこと言って帰る気かよ？」

「放して」

「つぐみ、ちゃんと話そう。な？」

子どもをあやすように言って、抱き付いてくる腕を振り払う。

「これ以上、話すことなんてない」

「なんで……何が気に入らないんだよ？」

圭介はわけがわからない、という顔をした。

「いきなりプロポーズしてびっくりさせたのは悪かったよ。人前だったのが嫌だったのか？」

圭介は、つぐみが一時的な気の迷いで言っている、とでも考えているらしい。

言葉が素通りしていく感覚を歯がゆく思いながら、つぐみは首を横に振った。

「違う、そうじゃない。――もう、終わりにしたいの」

「……なぁ、ちゃんと話そう。ほら、中に入れよ。コーヒー淹《い》れてやるからさ。そうだ、会社でお前の好きそうなお菓子もらったから、食べよう」

「圭介、私は本気なの。――もう、会わないから」

つぐみはドアを開けて、外へ出ようとした。しかし、バン！　と音を立てて圭介がつぐみの体を壁に押し付けた。

「痛っ！」

「そんなはずないだろ、お前、俺と一緒にいると楽しいって、よく言ってただろ？」

確かに付き合い始めた頃は、そんなことを言った記憶がある。

「――他に誰か、男ができたのか？」

「違う」

「そうなんだろ――」

つぐみの腕を強く摑み、圭介は強い眼差《まなざ》しを向けた。

「葬式に行ってから、お前の様子がおかしいと思ってたんだ――向こうで男ができたのか？　誰なんだよ？」

「違うってば！」

「じゃあなんで？　俺達、うまくいってただろ？　俺の気持ちはどうなるんだよ！　この指輪いくらしたと思うんだ？　お前のために船もホテルも全部準備したのに、お前は不機嫌そうにしてばっかりで――」

圭介は泣き出した。つぐみを掴む力が緩んだ。

「喜んでくれると思ってたのに。あの時、俺がどんな気持ちでいたか――どんなに惨《みじ》めだったか――お前の喜ぶ顔が見たかったのに」

つぐみは唇を噛《か》んだ。

「ごめん。……圭介とこれからずっと一緒にいるって、どうしても想像できないの」

「何が不満なんだよ？　わかるように言えよ！」

「――帰る」

つぐみは圭介を押しのけ、急いで玄関から外へすり抜けた。

「つぐみ！」

圭介が呼ぶ声がしたが、つぐみは振り返らずに走った。追いかけてくる足音がする。

しばらく走り続けて、ようやく駅前まで出た。

後ろを見たが、圭介の姿は無かった。

数日は、静かな日々が過ぎた。

仕事は相変わらず忙しく残業も多かったから、余計なことを考える暇もない。訴訟《そしょう》の件はそのあとどうなったのか、話には上らなかったので、小川の予想通り内々に処理されるのかもしれなかった。

圭介からは、あれから連絡も来なかった。時間が経って、落ち着いて考えて、諦《あきら》めてくれたのだろう。そう思うと、ひどい言い方をしてしまった気がして少し後悔した。

——俺と一緒にいると楽しいって、よく言ってただろ？

（確かに、楽しい時もあった。もっと一緒にいたいと思ったこともあった。それは嘘《うそ》じゃない——）

今回も同じだ、と思う。相手が変わっても恋愛というものは、大して代わり映えのしない、同じことの繰り返しだった。

自分は生涯、家庭を持つことはないのかもしれない。

「小川さん、お昼行きませんか？」

業務量も落ち着いてきた頃、つぐみは小川に声をかけた。この間は曖昧《あいまい》に話してしまったが、プロポーズを断ったと伝えておくべきだった。小川は上司だから、きっとつぐみが結婚して辞めることになったら、と色々とマネジメントとして考えているはずだ。

しかし小川はこちらを見もせずに、

「……仕事があるので」

と断った。

忙しいのだな、と思い、つぐみは一人で昼に出かけた。その時は、特に何も思わなかった。

しかし、次の日も、その次の日も、小川は同じように誘いを断った。

体調が悪いのか、もしくは氏家《うじいえ》にいじめられて機嫌が悪いのか、と初めは考えた。しかし、そうではないとわかったのは、他の社員が小川に話しかける様子を何の気なしに聞いていた時だった。

「小川さん、この書類確認してもらえますか？」

小川は、機嫌がよさそうに書類を受け取る。

「はーい。……あ、佐藤《さとう》君さ、すぐそこにできた新しい店行った？　ラーメン屋」

「ああ、あれですか。行きましたよ。うまかったです、麵は太めで。激辛とかありましたよ」

「へぇ、じゃあ、今度行ってみよう。なんだかもう、最近は夜にそんなものばっかり食べてて、太るってわかってるけどやめられないのよねぇ」

「それストレスじゃないですか?」

他愛《たあい》のないことで笑っている小川に、つぐみはほっとした。話を終えた小川に、話しかけてみる。

「小川さん、この件なんですけど、進捗ってどうなっていますか?」

すると、さっきまでにこやかに話していたはずの小川の顔から、すっと表情が消えた。

そしてつぐみを見もせずに、

「――確認します」

とだけ言った。

カタカタと、キーボードを打つ小川は、それで会話を終えたようだった。

つぐみは決して鈍感ではない。

しかし、にわかには信じられなかった。

それでも、やはり今は機嫌が悪かったのかもしれない、と思い直す。だから、それから何度か、小川が楽しそうにしている時を見計らって声をかけてみた。

しかし、その結果はいずれも同じだった。

(私にだけ、態度が違う――)

直前までは朗《ほが》らかでも、つぐみが声をかけた瞬間、態度は硬くなり、目は合わせず、突き放した物言いしか返ってこなかった。

つぐみは混乱した。

小川とは、一緒に働き始めて五年は経つ。入社以来、ずっと一緒に仕事をしてきた。この突然の豹変《ひょうへん》に、戸惑わずにはいられなかった。

(私、何かした――?)

色々と思い出してみる。最近話したのはなんだっただろうか、どんな態度を取っただろうか。

考えてみたが、よくわからなかった。

ここ最近でいつもと違ったことといえば、小川が訴えられたということ、そして、つぐみがプロポーズをされた、という話をしたことだった。

(プロポーズされて、私が結婚するかもしれない――それが気に入らなかった? それとも、訴えられたことで、八つ当たり?)

思いつくのはそのくらいだったが、しかしどちらも、そんなことで、と思わずにはいられない。

(……まさかね)

もやもやとした気分のまま、金曜の夜になった。久しぶりに残業せずに帰れたつぐみは、駅前のスーパーに寄って製菓コーナーに足を向ける。

週末は何の予定も入れていない。久しぶりにゆっくり寝て、掃除して、本を読もう。それから、会社に持っていけるお菓子でも作ろう。

これまでもたまに、手作りのお菓子を作って配ったことがあったが、小川はいつも大げさなほど嬉《うれ》しそうに受け取ってくれた。

(何がいいかな……マフィン……クッキー……パイもいいかも)

これを渡す時、彼女がどう対応するのか——それが最後の審判になる気がした。

(きっと、受け取ってはくれるんだろうな。当たり障《さわ》りのない態度で……でもそのあとは?)

こっそりとゴミ箱に捨てられる光景を想像して、胃のあたりが痛くなる。そんなことはない、と思いたい。

原因がわかれば、それがつぐみの過失であったなら、謝ることもできる。しかし、今は何をどうしたらいいかわからない。

買い物を済ませ、暗い住宅街の間を歩いていく。夜になると外灯もまばらで、人気《ひとけ》は少なかった。マンションのある幹線道路沿いも、この時間通行人はほとんどいない。

マンションのエレベーターを降りたところで、つぐみはぎょっとして足を止めた。

部屋の前に、人影があった。

思わず身構える。あの幻影がまた現れたか、と思った。

しかし、そこにいたのは圭介だった。玄関ドアに背を預け、しゃがみこんでいる。スーツではなく私服で、髪はぼさぼさだ。

その様子に、つぐみは一歩後退《あとずさ》った。しかし、つぐみの持つスーパーの袋がカサコソと音を立てて、圭介が顔を上げる。

目が合うと、圭介はドアに縋るようにのろのろと、緩慢《かんまん》な動きで体を起こした。

酔っているのだろうか。

覚束《おぼつか》ない足取りでこちらへ近づいてくる。

「つぐみ……」

手を伸ばされ、反射的に避けた。すると圭介は、ぎゅっと顔をしかめ、つぐみを睨《にら》んだ。

「なんで逃げるんだよ」

「何してるの――」

圭介はしばらく黙り込んだ。

「――俺が悪かったよ。ごめん」

「……帰って」

「頼むよ、話を聞いてくれよ……」

圭介は手に持っていた包みを掲げる。

「ほら、お前が好きだったロールケーキ、買ってきたよ。結構並んだんだ……」

酒の臭いがした。つぐみは圭介の横をすり抜けて、自室のドアへ足早に向かった。

しかし、後ろから抱き付かれ、思わず悲鳴を上げる。

「放して！」

「こんなの、おかしいだろ——あんな一方的に、簡単に終わりなんて！　今までなんだったんだよ！」

「やめて、大声出すわよ！」

そうは言ったものの、つぐみは声を出せなかった。騒動を起こして、もし警察でも呼ばれたら——別れた相手とはいえ、圭介にそんな思いをさせたくなかった。

「お前だって、本当は後悔してるんだろ？　お前のことならわかってるんだ——」

キスしようと顔を近づけてきた圭介を、つぐみは顔を背けて思い切り突き飛ばした。ロールケーキの包みが、廊下に打ち付けられる。崩れたケーキがべしゃりと飛び出すのを、二人は思わず見つめた。

「なんだよ——」

涙をため歪んだ表情で、圭介は拳《こぶし》を振り上げた。

何が起きたのか、一瞬よくわからなかった。反射的に避けようとして、こめかみに衝撃が走った。通路に倒れ込んでから、殴られたのだ、と認識し、痛みが走る。さらに迫ってくる圭介の姿を目にして、つぐみは恐怖を感じた。スーパーの袋を中身ごと投げつける。圭介が怯《ひる》んだ隙《すき》に、脱兎《だっと》のごとく駆けだした。

突き当たりにある非常階段を一気に駆け下りる。カンカンカン、と甲高い靴音が響いた。後ろから、無言で圭介が追ってくる。

息を切らしながら、つぐみは恐ろしい程の心臓の音を感じていた。張り裂けそうな鼓動が、耳に伝わってくる。

マンションの敷地を飛び出し、人通りのある道へ出ようとする。人目があれば、圭介も諦めるはずだ。

角を曲がろうとした瞬間、つぐみはどんと誰かにぶつかった。

「――す、すみませ……」

反動で倒れそうになる。慌てて謝りながら顔を上げると、ぽかんとした。

柏木が、驚いた表情でこちらを見ている。

「つぐみさん？」

「か、柏木さん？」

突然現れた柏木に驚いたつぐみは、その場に立ち止まってしまった。

はぁはぁと荒い息を上げながら、圭介が追ってくる。その姿が目に入って、つぐみは息を呑んで身構えた。柏木が怪訝な顔をする。

「どうしました？」

「あ、あの――」

この状況をどう説明したらいいのか、と戸惑う。

「――誰だよ」

つぐみの横に立つ柏木を見て、圭介が言った。

「……お知り合いですか？」

ただならぬ雰囲気を感じたのか、柏木はそう言いながらすっとつぐみと圭介の間に出た。

それを見た圭介は、低い声を上げる。

「――こいつか。そういうことかよ」

「違う、この人は関係ない！　――お願い、帰って」

圭介は柏木とつぐみの顔に、何度も何度も視線を移した。ぎらぎらした視線は、これまで知っていた圭介と同一人物とは思えないほどだった。

体が震え続けていた。

「つぐみさん、彼は？」

柏木が自分を背後に庇《かば》ってくれるのがわかる。つぐみは視線を地面に向けて、

「……恋人、でした。――この間まで」

と震える声で言った。柏木は状況を察したらしかった。

「……彼女を追いかけて、どうするつもりですか？　警察を呼びますよ」

しばらくの間、圭介と柏木の間で、沈黙の中睨みあいが続いた。

しかしやがて、圭介は踵を返し、ゆっくりと歩き去っていった。

姿が見えなくなっても、つぐみは体が震え続けるのを感じていた。立っていられなくなって、へなへなとしゃがみこむ。

「つぐみさん、大丈夫ですか？　……怪我《けが》してるんですか？」

柏木の視線を追ってみて、今になってようやく、自分が膝《ひざ》や手を擦りむいていることに気がついた。ストッキングは破け、血が滲んでじんじんと痛む。

「だ、大丈夫です……」

殴られたこめかみに触れると、痛みが走って顔をしかめた。

「……痛……」

「ちょっと、見せてください」

「い、いいえ、大したこと、ないですから」

慌ててよろけながら立ち上がり、スカートをぱたぱたとはたいた。

とんだ場面を見られてしまった。気まずくて、目が合わせられない。

「――すみません、お恥ずかしいところを見せてしまいました」

「いえ、むしろここで会えてよかったです。……彼に危害を加えられたんですね？」

つぐみは躊躇《ためら》った。恐怖を感じたのは事実だが、それでも圭介を犯罪者のように言いたくはなかった。

「ええ、まぁ……」

「復縁を迫られた？」

「……別れたいと伝えたんですが、納得してくれないみたいで――」

乱れた髪を手ぐしで整える。手がまだ震えていた。

柏木もそれに気づいたようだった。

「警察に行きますか？」

「い、いえ！　そこまでは――大丈夫です。きっと彼も、もう諦めたと思いますし」

大事にはしたくなかった。しかし、圭介が本当にこれで諦めたかどうかは、自分で言いながら怪しいと思う。むしろ、柏木との関係を誤解させてしまったようで、事態は悪化した気がした。

柏木の顔を見上げる。気遣うような優しい表情に、ほっとする。

「柏木さんは、どうしてここに――？」

「ああ――こちらに所用があったので、せっかくなのでつぐみさんを訪ねようと思って」

「私をですか？」

「ええ、突然押しかけてしまうことになって、失礼とは思ったのですが」

「九十九館で、何かありましたか？」

柏木は少し考えるようにして、慰《なぐさ》めるように優しく微笑した。

「今はその話はやめておきましょう。それより、早く傷の手当てを」

「え、ええ――」

家はすぐそこだ。しかしつぐみは、その場に立ち止まった。

もしかしたら、圭介はまた家の前で待ち伏せしているかもしれない。もしくはどこかに潜《ひそ》んでいるのかもしれなかった。そんなことを考えるのは嫌だったが、しかし先ほどの様子から、恐れが溢れた。

逡巡《しゅんじゅん》するつぐみに、察したように柏木が声をかける。

「……怖かったでしょう。今日は、一人でいないほうがいい。誰かお友達に来てもらうとか、もしくは泊めてもらったほうが」

友達、と言われて、こんな時に頼れる友人を頭に思い浮かべてみる。学生時代の友人のほとんどは各地に散らばっていて、都内で暮らしている友人は一人だけだった。その一人も、昨年結婚し、丁度子どもが生まれたばかりだ。さすがにその友人に頼るわけにはいかない。

会社の同僚を頼るのも気が引けた。プライベートで、こんな修羅場《しゅらば》を繰り広げていると知られたくはない。

「そうですね、家に独りでいるのは怖いし――。今日は、どこかビジネスホテルにでも泊まります」

「ホテルですか……」

柏木は思案するような顔になった。

「――つぐみさん、それでしたら、九十九館へいらっしゃいませんか」

「え？」

「まだ電車もありますし。明日は、お仕事お休みですよね？」

「ええ、でも……」

「うちなら人も多いですから、安心していられると思いますよ。彼もさすがにそこまでは来ないでしょうし」

「そうですが……でも――」

躊躇《ちゅうちょ》するつぐみの手をそっと取って、柏木は取り出したハンカチを巻いてくれた。

「すみませんが、この場に居合わせた以上、私はつぐみさんを一人でこのまま放っておくことはできませんよ。廉子《れんこ》さんに叱られてしまいます」

丸眼鏡の向こうから、真摯《しんし》な瞳がつぐみを見つめた。

「何かあっては大変です。一緒に、九十九館へ行きましょう」


約一カ月ぶりの九十九館は、何も変わっていなかった。

月明かりの下、高台に鎮座する洋館の窓には温かな光が灯っていて、住人達の存在を伝えていた。

「ただいまー」

柏木が玄関に入ると、広間から青年が顔を出した。下宿人の一人、宝井《たからい》修理《しゅり》だ。

「おかえりー。……あ、つぐみちゃん、来てくれたんだ！」

『ただいま』と『おかえり』というやりとりに、つぐみは少しぼうっとした。たったそれだけの言葉で、ふんわりと温かな空気に包まれた気がする。

「こんばんは。……お邪魔します」

つぐみはぺこりと頭を下げた。

宝井はつぐみと歳《とし》が近く、下宿人の中では最年長の二十六歳だった。つぐみが九十九館にいた間、柏木の次に最も気安くつぐみに接してくれたのが、この宝井だ。

なんでも彼は、学生時代に起業した会社で成功し、現在もそのCEOなのだという。仕事は在宅でできるらしく、通勤している気配はまったくなかったが、たまにスカイプで会議をしているのを見かけたことがあった。若いながらもすでに相当な資産家らしい。

そんな人物なら都心の一等地にマンションでも買って暮らしていそうなものだが、何故《なぜ》ここで下宿しているのだろう、とつぐみは不思議に思った。

柏木が広間を見回す。

「由希子《ゆきこ》さんと悠人《ゆうと》さんは?」

「上にいるよ。つぐみちゃん、今日は泊まってくの?」

目を細めて、宝井は笑った。『不思議の国のアリス』に出てくるチェシャ猫みたいだ、と思う。社交的な青年だが、どこか癖を感じさせた。

「ええ、突然すみません」

「大歓迎だよ！　……ってことは、話はついたの、柏木さん？」

宝井が意味ありげな視線を柏木に送った。柏木は首を横に振る。

「まだです。ちょっとハプニングがあって……。話は、また明日にしましょう」

ソファにつぐみを座らせると、柏木はどこからか救急箱を持ってきた。そうして髪を掻《か》き上げてこめかみを覗き込むと、痛ましそうに眉をひそめた。

「……腫《は》れてきてますね。痛いでしょう」

氷を入れた袋をタオルで包み、それを患部へ当てがう。

「つぐみちゃん、怪我してるの？　何があったのさ？」

宝井が驚いた様子で横に座った。

「ええ、その、ちょっと……」

「──修理さん」

柏木が、何も訊《き》くなというように宝井を見据《す》えた。すると宝井は察したように、それ以上詮索しなかった。

気持ちは暗澹《あんたん》としていた。圭介のことを思い返す度、これからどうしたらいいのだろうか、と不安が這《は》い上がってくる。

膝の怪我を消毒しようと柏木が屈みこんだので、つぐみは慌てて、

「あの、自分でやりますから！」

と言った。擦りむいただけなのだから、わざわざ人にやってもらうほどのことではない。しかし柏木は、ひざ丈のスカートをはいているつぐみを見て、別の意味で受け取ったらしい。はっと顔を上げると、一気に赤面した。

「あ、あー……そ、そうですよね。し、失礼しました。女性の脚《あし》に……」

あわあわと立ち上がり、眼鏡を何度もかけ直す。

「いえ、そういう意味では……」

そんなふうにされたらこっちが恥ずかしい、と思う。宝井が隣のソファでくすくすと笑った。

祖母に線香をあげてから、二階の客間へ上がった。柏木が寝間着を調達してきてくれたので、つぐみは頭を下げた。

「ありがとうございます。あの、これは――」

「由希子さんのをお借りしてきました。サイズは大丈夫だと思うんですが」

「三島《みしま》さんの？」

三島由希子は下宿人で唯一の女性だった。歳は二十三と言っていたと思うが、口数が少

なく、ほとんど話したことがない。しかし寝間着を借りるとなれば、お礼は言っておかなければ、と思う。

「もう寝ると言ってましたから、お礼は明日で大丈夫ですよ」

「ありがとうございます……本当に、今夜は色々と、面倒ばかりかけてしまって」

「今夜は私も離れではなく一階にいるようにしますから、安心して寝てください」

そう言って柏木は部屋を出ていった。ギシギシと、階段を下りていく音がする。

「おーい、悠人、まだ起きてる？　ゲームやろうぜー」

廊下の向こうで、宝井の声が聞こえた。扉が開く音がする。

「……今、宿題してるんすよ」

「うわ、真面目だなー。金曜の夜だぞ」

「明日も部活だし――」

宝井と話しているのは、もう一人の下宿人、朝霧《あさぎり》悠人だろう。高校生である悠人も、歳の差もあってつぐみとはあまり話をしなかった。宿題とか部活とか、最近ではめったに聞かない懐かしい単語に、つぐみはちょっと笑みを浮かべた。

人の気配がすることに、ほっとする。

借りた寝間着に袖《そで》を通す。可愛《かわい》らしい薄ピンクのパジャマだった。陽の光を浴びた洗濯物の香りがする。昼間、あの庭で草花に囲まれて干されていたのだろうか、と思うと、これにも頬が緩んだ。

(柏木さんには、本当に感謝しなくちゃ――ホテルに一人でいたら、もっと不安だったかも)

電気を消して、ベッドに潜り込む。

目を閉じると、無意識に今日の圭介の様子が脳裏に浮かんだ。

掛け布団を頭まで引っ張り上げ、体を丸めた。うっかり、殴られたほうの頭を下にして寝てしまい、痛みに声を上げる。

その痛みが、今日の出来事がすべて現実であるという証拠だった。その事実に、じわ、と涙がこみあげてくる。つぐみは体を起こして、しばらくぼんやりとした。

時間が経つにつれ、何の声も音も聞こえなくなった。窓の外を覗いてみると、下の階に電気がついているのが見える。柏木だろうか。

つぐみはベッドを降りると、部屋を出て階段に向かった。

そのすぐ脇にある、小さな扉。

手をかけると、鍵はかかっていなかった。手前にゆっくりと開くと、中は真っ暗だった。

電気は無いのか、とスイッチがありそうな場所をまさぐってみる。しかしそれらしいものは見当たらない。

（そうだ、おばあちゃんは蠟燭を灯してた）

しかし今、手元に手頃な明かりなどなかった。

つぐみは、ゆっくりと手と足でそこに何かあるか探りながら、階段を上り始めた。上部からは、薄らと明かりが差し込んでいる。階段を上り切ると小さな窓があって、そこから月明かりが入っているのだった。

屋根裏部屋へ入る扉の上部には、花を模《かたど》った色硝子《ガラス》がはめ込まれている。つぐみは、ごくり、と唾《つば》を飲み込んで、ドアを開いた。

中は、思ったよりは広かった。片側は屋根に沿った傾斜があり、屈まなくては通れない。布を被せられた古い簞笥《たんす》や箱、雑多な物がそこら中に置かれていた。木枠の古びた天窓がついており、そこから大きく星空が覗いている。

しかしただの物置と様子が違うのは、それらに囲まれて、中央に丸テーブルがひとつ、椅子が二つ、置かれていることだった。

（まるで、誰かとここで、話をするためみたいな——）

しんと静まり返った闇の中で、つぐみは周囲を見回した。

あの人影が、現れるのではないかと思った。

しかし、どんなに待っても、そこはただの物置でしかなかった。

第三夜

朝日の差し込む踊り場から一階を覗《のぞ》き込むと、賑《にぎ》やかな声と美味《おい》しそうな香りが漏《も》れてきた。つられるようにお腹《なか》が鳴る。

庭に面した部屋には大きなテーブルが中央に据《す》えられ、下宿人達が朝食を囲んでいた。

「――おはようございます」

つぐみが遠慮がちに部屋に入ると、皆視線をこちらへ向けた。宝井《たからい》がひらひら手を振る。

「おはよう、つぐみちゃん。ゆっくり眠れた？」

「はい、ありがとうございます」

三島《みしま》はさっと視線を落として、か細い声で「おはようございます」と言い、パンを口に含んだ。朝霧《あさぎり》は無言で、ぺこっと頭だけ下げる。

エプロン姿の柏木《かしわぎ》が、フライパン片手にキッチンから出てくる。

「ああ、おはようございます。どうぞ座ってください」

そう言って、空いている席にセッティングされた皿に、焼きたてのスクランブルエッグを盛りつける。まるでつぐみが下りてくるタイミングがわかっていたかのようだ。

促《うなが》された席に座ると、つぐみは隣の三島に声をかけた。

「三島さん、パジャマありがとうございました。すみません、いきなりお借りしてしまって」

すると三島はびくりと肩を震わせ、こちらを見ることもなく、顔を下に向けた。

「…………………い、いえ」

ようやく、それだけ言った。

三島は前髪が長く、常に俯《うつむ》きがちな上に眼鏡をかけているので、表情がいまひとつうかがい知れなかった。髪型はいつも後ろで無造作に括《くく》っただけで、服装もどこか野暮《やぼ》ったく、今日もよれっとしたパンツとTシャツにパーカーを羽織っている。

柏木に聞いたところでは、彼女は近くの図書館で働いているという。名前が文豪に似ているせいだろうか、とつぐみは妙な納得感を得た。

トースターが跳ねあがる音がする。焼きたてのパンを載せた皿を、香ばしい匂いとともに柏木がつぐみの前に置いた。

「つぐみさんは、オレンジマーマレードでしたよね」

そう言って、鮮やかな黄色のジャムが詰まった瓶《びん》を出してくる。

「──ありがとうございます。いただきます」

前回来た時もこうして柏木の料理の世話になったのだが、つぐみの好みを覚えていてくれたらしい。ふわふわとしたスクランブルエッグを口に含んで、思わず吐息《といき》を漏らした。

美味しさに自然と頰《ほお》が緩む。

「悠人《ゆうと》さん、今日は部活は何時からですか？」

柏木が朝霧に尋《たず》ねた。前回の滞在時に気づいたが、彼はこの家の住人すべてを下の名前でさん付けで呼び、なおかつ丁寧語を崩さない。それが高校生の朝霧であっても、態度は決して変わらなかった。

「一時から」

「もうすぐ大会だっけ？　応援行ってやるよ」

宝井が悪戯《いたずら》っぽく言うと、朝霧は素っ気無く「来なくていい」と言ってベーコンを口に突っ込んだ。

「朝霧君は、何部なの？」

つぐみが尋ねると朝霧は、

「──柔道、です」

と、視線を合わさずに言った。こういう態度が思春期の男の子らしい、と思うが、自分も通り過ぎたことのあるそんな年代の在《あ》り様を不愉快とは思わなかった。

それにしても柔道とは意外だった。朝霧は線の細いほうで、白い肌に艶《つや》やかな黒髪の、物憂《ものう》そうな少年だった。武道というタイプには見えない。

柏木がにこにこと、

「楽しみですねぇ。みんなでお弁当を持って応援に行きましょう」

と言うと、朝霧は諦観《ていかん》の目になる。どうやら柏木のことは、無下にはできないらしい。

朝食が済むと、柏木がお盆を持って広間へと促した。

「――つぐみさん、食後のお茶、いかがですか？」

「あ、はい、いただきます」

いつも朝はコーヒーなのだが、この家ではあまり飲む人がいないらしい。祖母も紅茶派だったようだし、嫌いなわけでもないので、出されるがままいただいた。

柏木はティーバッグではなく、きちんと茶葉から淹《い》れているらしい。これまで飲んだ紅茶とは、味がまったく違う気がした。

開けていた窓から、黒猫が当たり前のようにジャンプして飛び込んでくる。以前に見た、ミストフェリーズだった。朝霧が抱え上げて、膝《ひざ》に乗せてやる。ごろごろと喉《のど》を鳴らして甘える様子は可愛《かわい》らしかったが、つぐみに気がつくと、猫はぷいっとそっぽを向いてしまった。

再び、密《ひそ》かに傷つく。

向かいの椅子《いす》に座った柏木が、窺《うかが》うように居住まいを正した。

「つぐみさん、今、少しよろしいでしょうか」

つぐみは、口をつけたティーカップをテーブルに置いた。

「……なんでしょう」

「実は昨日、お宅に伺ったのは、折り入ってお話があったからなんです」

下宿人達は、心持ち少し離れた場所に座り、二人の話を聞いているようだった。柏木はちらりと彼等に視線を向ける。

「ここにいる皆に関係のあることなんです。――つぐみさんも、色々と大変な時に、このようなお話をするのは心苦しいのですが……」

柏木は言い淀《よど》んだが、意を決した、というように口を開いた。

「つぐみさん、この九十九館《つくもかん》に、住んでいただけないでしょうか？」

思いがけない申し出に、つぐみは目を瞬《またた》かせた。

「いえ、私は――」

「無理を承知で、お願いしています」

柏木の意図がわからず、困惑する。

「……私がいなくても、ここの運営は問題ないですよね？　どうして――」

「つぐみさんは葬儀の日、人影を見た、とおっしゃいましたね」

「ええ……」

「それに、誰かが廉子《れんこ》さんの棺《ひつぎ》に、花を手向けたと」

「――はい」

「その後、その人影――その人物が、あなたの前に現れることはありませんでしたか？」

つぐみは、無意識にスカートの裾《すそ》を握った。

「――どうして、そんなことを訊《き》くんですか？」

「私は、その人物に心当たりがあります」

つぐみは目を見開く。

「……あの時は、何も言わなかったじゃありませんか」

「すみません、確信もありませんでしたし――それに、一時的なものかもしれない、と思ったんです。『彼』が、廉子さんを見送るために、特別に現れたのかもしれない、と……」

「『彼』？」

「私も、名前は知りません。『彼』は、廉子さんの前にだけ、姿を見せました」

「おばあちゃんだけ？」

「はい。そしてそれが……瑞穂《みずほ》さんが、この家と、廉子さんを厭《いと》っていた理由だと思います」

母の名前が出て、つぐみは混乱した。

「一体、どういう――」

「廉子さんは、時折、この家の屋根裏部屋で過ごしていました。そこで、『彼』と会うために」

（真夜中の、お茶会――）

幼い頃の光景が、まざまざと蘇《よみがえ》ってきた。真っ暗な廊下を、お盆を持って歩く祖母の姿。蠟燭《ろうそく》がゆらゆらと揺れて――。

「詳しいことは、廉子さんは話してはくれませんでした。でも恐らくそれは、一種の儀式だったんだと、思います」

「儀式？」

「儀式というのは、語弊があるのかもしれませんが――『彼』を迎え、もてなす――そういう場だったんです」

した。

「なんなんですか、その、『彼』って……」

横浜《よこはま》の船上に現れた人影を思い出す。その手の温《ぬく》もりまでが、急に身に迫ってきた気がした。

「廉子さんも、『彼』が何者なのか実際のところはどこまで知っていたのか、私にもわかりません。ただ、廉子さんが彼と繫《つな》がっていることで、この九十九館には普通とは違う『場』ができ上がっていました」

段々、話が怪しげな方向になってきて、つぐみは思わず頭《かぶり》を振った。

「あの、すみません、話が見えなくて――なんなんですか、その場とか……」

急に、柏木の顔が、どんどんと下がっていく。一体どうしたのだ、と思った。

しかしやがて、柏木が下がったのではなく、自分の目線が上がっていっているのだと気づく。

つぐみは息を吞《の》んだ。足は床から離れていた。つぐみの腰かけていた一人掛けのソファが、宙に浮いているのだ。

「――――っ」

下を向けば、昨日擦りむいた自分の膝越しに、柏木の顔がある。つぐみを見上げて、平然とした顔をしていた。その向こうには、下宿人達の姿がある。彼等も、驚いている様子はない。

天井近くまで浮いたソファは、そこで静かに停止した。

「な、な、なんで……！」

何かで吊っているのか、と何度も周りを見回す。しかしそれらしきピアノ線などは見当たらない。

「……どういう、トリックなんですか、これ？」

つぐみは震える声で言った。

クルーズ船で見たマジックを思い出す。不思議に思えても、そこには種も仕掛けもあるのだ。このソファに、何か仕掛けがあるのだろう。もしくはトリックアートのように、実はつぐみが見えている光景が偽《いつわ》りなのかもしれない。本当は、まだ自分の足は床に着いているのではなかろうか。そう思って、そっと足を動かしてみる。しかし、何かに触れる感覚は無く、ただ空を切るだけだった。

「すみません、わかっていただくには、実感していただくのが一番だと思って――手品ではありません。今、そのソファを動かしているのは、私です」

そう言って、柏木はすっと目線を右へ動かした。すると、つぐみのソファはその視線を追うように、すうっと動いた。

「わ、わ」

「……ここに住むことができるのは、普通とは違う能力を持った人間だけ――いえ、むしろ、この九十九館は、そういう人間のために下宿屋を営んでいるんです」

「何を言ってるんですか？　からかってるんですか？」

すると、お尻の下にあった座面の感覚が、すっと消えた。見ると、ソファはゆっくりと降下し、元あった場所に静かに収まっていく。今ではつぐみの体だけが、宙に浮いているのだった。

寄る辺のない状態に身を固くした。ソファに何か仕掛けがあるなら、理解できる。しかし自分だけが浮いている、というのは、あり得なかった。例えばこれが手品なら、きっとつぐみ自身が協力者なのだ。予《あらかじ》め体を吊るしておいて――。

（そんなわけないじゃない。私は、何も身に着けてない）

さぁっと血の気が引いた。

「お、降ろして――」

すると、つぐみの体は少しずつ下りていき、地上のソファの上に着地した。大きく、息を吐く。

柏木が、申し訳なさそうな顔をする。

「怖がらせてしまって、その、恐縮です。でも、信じていただかないと話が進まないもので……。私は、いわゆる念動力――サイコキネシスの能力を持っています。廉子さんもご存じでした」

「……おばあちゃんが？」

「はい。廉子さんは、私達のような能力者のために、下宿屋を開業したんです。行き場の無い、私達のために」

「――冗談、ですよね？」

つぐみは、苦笑いをした。

「朝から、変なこと言うの、やめてもらえませんか。あんまり笑えません。さっきのは、どうやったんですか？　すごい仕掛け……大がかりですね」

つぐみの知る推理小説でも、絶対にあり得ないようなことが起きるが、当然そこにはトリックがある。あとから聞けば論理的に納得できるようなことを、魔法のように思わせることはいくらでもできるはずだった。

柏木は困ったように眉尻を下げて、頭を掻《か》いた。

「悠人さん、少し肌寒くなってきました。暖炉《だんろ》に火を入れてもらえますか？」

途端に、暖炉の中でぼっと炎が上がった。

ちらちらと燃える炎が、柏木の丸眼鏡に映し出されるのを、つぐみは呆然と見つめた。暖炉の中のどこを覗き込んでも、薪《まき》は無い。それなのに燃え盛る炎特有の熱が、じりりと肌をねぶった。

「悠人さんは発火能力の持ち主です」

朝霧に視線を移す。彼は、暖炉から離れた窓際の椅子に座って、黒猫の頭を撫《な》でている。そこから一歩も動いていなかった。

「……発火装置を仕込んでたんですよね？　それで朝霧君が、スイッチを押したら、点《つ》くようになっていて……」

つぐみが現実的な解釈を口にすると、しゅっと音を立てて、目の前に火の玉が出現した。思わず悲鳴を上げて飛びのく。

火の玉は、ゆらゆらとつぐみの周りを旋回した。やがてそれは二つに分かれ、四つに分かれ、いつの間にか数え切れないほどの数になって部屋中を明るく照らし出した。生き物のようにちかちかと輝いて蠢《うごめ》いていて、まるでエレクトリカルパレードでも眺めている気分だった。

朝霧が指を鳴らすと、炎は一瞬で消えてしまった。柏木がこちらの様子を窺うように、不安げな表情で身を乗り出す。

「……どうでしょう。信じてもらえそうですか？」

「……3Dのプロジェクションマッピングか、何かですよね？」

つぐみの答えに、柏木は額《ひたい》に手を当てる。

「ああ、現代は便利な世の中になりましたね……。確かになんらかの技術を使えば、今見せたものは実現可能かもしれません。――修理《しゅり》さん、お願いできますか？」

言われて、宝井が立ち上がった。

「つぐみちゃん、持ってるもの、何か貸してもらえる？」

いかにも手品師が言いそうな物言いに、つぐみはやはりこれはトリックがあるのだろう、と思った。

「持ってるものって……」

「なんでもいいよ。――じゃあ、そのピアス、片方借りれるかな？」

つぐみは、はっとして自分の耳に下がった小さなピアスに触れた。躊躇《ちゅうちょ》しつつも、片方を外して渡す。

掌《てのひら》にピアスを載せた宝井は、すっと目を閉じた。

「――ふぅん。雨の中を、ずぶ濡《ぬ》れになってこのピアスを探してくれたんだね。彼氏かな？」

「え――？」

どきりとして、つぐみは胸元をぎゅっと握った。

「まぁまぁイケメンだね。うーん、これをされたら女の子は落ちるよねー。彼氏、演出上《う》手《ま》いなぁ。二人ともちょっとぎこちない――これは初めてのデート？　……プラネタリウムか、ロマンチストだねぇ」

手が汗ばんでいる。このピアスを圭介《けいすけ》が探してくれたことは、誰にも話したことがない。自分と圭介しか知らないはずだ。

「あ、あの修理さん、すみません、そ、その話題はちょっと……今一番センシティブなところかと……」

柏木は焦ったように両手をぱたぱたさせた。

「すみません、つぐみさん、あの、修理さんはサイコメトリーの能力者で、物から記憶を読み取ることができるんですが……ご、ごめんなさい。ちょっと、そぐわない内容でした、ね……」

「……もしかしてあなた達、圭介に何か頼まれたの？」

つぐみはがたりと立ち上がった。

このピアスの話を知っているのなら、圭介から直接聞いたということだ。つぐみを繋ぎ止めるために、この家の住人を巻き込んで、圭介が説得を試みているのだとしたら――昨夜、柏木が絶妙のタイミングでつぐみを訪ねてきたことも、すべて仕組まれていたのかもしれない。

「え、頼まれた、って――」

「――帰ります」

つぐみは足早に部屋を出ようとした。

「ち、違います、つぐみさん！」

追い縋《すが》る柏木を、つぐみは無視した。一時でも安らぎを感じられる場所だと思ったのに、とんだ勘違いだった、と唇を噛《か》む。

「待ってください、お願いです」

柏木に手を摑《つか》まれたが、振り払った。

「いい加減にしてください！」

「――――横浜！」

唐突に響いたその声に、つぐみはドアノブに伸ばした手を止めた。怪訝《けげん》に思って振り返ると、三島がこちらに泣きそうな目を向けている。

「……え？」

三島はぶるぶると震える両手を、持て余すように握っている。

「よ、横浜の——船の、上で——見たんですよね？　あ、あの——『彼』を——」

つぐみはその場で固まってしまう。

「か、『彼』が、あなたに、触れたん、ですよね？」

しん、と沈黙が広がった。

柏木も宝井も朝霧も、驚いたようにつぐみに視線を向ける。皆に見つめられ、つぐみは何も言えなくなった。

静寂を破ったのは柏木だった。

「由希子《ゆきこ》さんは、テレパス——人の心の声を聞いたり、思い描いているイメージを見たりすることができます。つぐみさん、本当ですか？　『彼』に——会ったんですね？」

つぐみは、なにか論理的な説明はないかと自分に問いかけた。

しかし、答えはノーだ。

三島が、あの船での出来事を知り得る可能性など、あるはずがなかった。

「つぐみさん——」

柏木は、縋るようにつぐみに言った。

「決して、いたずらにあなたを驚かせたかったわけではないんです。ただ——私達にはどうしても、あなたの助けが必要なんです」

「助け……？」

「私達には、『彼』が必要なんです。そして『彼』を呼び戻せるのは、あなただけなんです」

　つぐみは頭を抱えた。

「私に——一体、どうしろって言うんですか？」

「——つぐみさん、座りませんか。話を、聞いていただきたいんです」

　促され、つぐみは躊躇《ためら》いつつも、ソファに戻った。

「この九十九館は——言うなればシェルターなんです」

「……シェルター？」

「はい、私達能力者にとっての。……この家の敷地内では、能力者の力はすべて相殺されます。つまり、この家にいる限り、私達は普通の人間と同じになることができるんです。この九十九館には、その不思議な力があります。それは、我々のような能力者にとって、非常に重要なことです。なぜなら私達は皆、ずっと思ってきたんです。普通の人と、同じようになりたいと——」

「相殺される？　でも、今——」

柏木は頷《うなず》いた。

「そう、今は、この家にいても、こうして力が使えます。これは——廉子さんが生きている時には、あり得ないことでした。……廉子さんが亡くなって、今この家から、その力が失われようとしているんです」

マントルピースの上の写真を眺めて、柏木はどこか遠い目をする。

つぐみは改めて、写真に写った人々の顔を見た。柏木の話をもし信じるのであれば、つまりあの人々は皆、超能力者、ということだ。

「廉子さんが生きている間は、九十九館は、我々にとって唯一、ただの人として暮らせる安息の場所でした。皆、この力のせいで、普通に生きることが難しかったから——私も、ここの存在を知って足を踏み入れた時、泣きたくなるほど嬉《うれ》しかった。……実際、泣いたのを覚えています」

照れたように柏木は笑った。

「どうしてこの家にそんな不思議な力があるのか——それは、廉子さんのお蔭《かげ》でした。彼女は時折、屋根裏へ行っては、誰かに会っているようでした。私が、一体誰と何をしているのかと尋ねても、彼女は詳しくは教えてくれませんでした。でも、廉子さん自身、そのことがこの家の力に関係していると理解していたようです。だから、自分が死んだあとにどうなるのか――よく、そう言って心配していました。……そして、その心配は的中しました。廉子さんが亡くなって、つぐみさんがここを去った頃から……この家の力は、段々、消えていったんです」

「消えた……」

「先ほどお見せした通り、ここはもう、私達にとってのシェルターではなくなりました。この家にいても、以前のように私達の能力は消えません。でも今、私達は希望を見出しました。唯一の可能性です。――つぐみさん、あなたを」

「私……」

「あなたの前に現れた誰か――それこそが、廉子さんが迎えていた『彼』だと、私達は考えています。つぐみさんなら、『彼』をこの家に迎えることができる。そうすれば、恐らくこの家の力は、元通りになる――」

なあん、とミストフェリーズが鳴き声を上げた。つぐみは、段々と落ち着きを取り戻してきた頭の中を整理しようとする。

「……つまり、私に、祖母の代わりに――」

「『彼』を呼び戻してほしいんです。廉子さんの血を引くつぐみさんであれば、もしや、と思っていました。つぐみさんが人影を見たと、そう言った時、その可能性が現実になりました。でも、確信は持てませんでしたし、何よりつぐみさんに突然こんな話をすることを、躊躇いました――これは、私達の都合で、つぐみさんには関係ないことですから――」

「まったく関係なくはないよ」

宝井が言った。

「これは、確かに俺達の願いではあるけど、でももっと大きな意義を持ってる。つぐみちゃんは、俺達みたいな人間が、どれくらい世界にいるか知ってる？」

「え……？」

「能力者同士が出会える確率は、そう高くない。だから俺が実際に会ったことのある能力者は数える程度だ。知り合うことができれば、能力の制御も、できるだけ社会に馴染《なじ》んで生きる方法も教えることができるけど、実際には大抵一人で自分の力を持て余してる。犯罪に手を染めるやつもいるし、無意識に人に危害を加える場合もある。そういうやつが沢山いるんだ。それを防ぐためにも、この家の存在は大きい。ただの人間になれる場所があるってだけで、精神は大きく安定する。そうなれば、力を制御しやすくなるし、一般社会に順応する術《すべ》を身に着けることもできるようになる。だからこれは、普通の人達の生活を守ることにも繋がってる」

それに、と宝井はどこか冷えた目で言った。

「それに——能力者が野放しになっていれば、いつか皆、俺達みたいな存在に気づいてしまう。そして間違いなく、こう思うんだ——『あいつらは危険だ。生かしておくべきじゃない』。……殺す前に、散々実験台にするだろうね。きっと生きたまま解剖されて、サンプルとして体中の細胞が採取されて——」

三島と朝霧が陰鬱《いんうつ》な表情になる。その様子に、柏木が優しい口調で言った。

「修理さん、あまり皆を脅かさないでください」

「本当のことだよ。——こんなふうに能力者が集まっていること自体、脅威になるって普通は考える。徒党を組んで、何かしでかすんじゃないかって。——この九十九館は俺達にとって、これまで最高の隠れ家になってくれてたんだ」

皆に訴えるように見つめられ、つぐみはつい目を逸《そ》らした。柏木が、躊躇いがちに口を開く。

「つぐみさん、……これは身勝手なお願いだと、わかっています。ですが、私達にとって、この家は大切な場所なんです。ただの人になれる——その夢が唯一、叶う場所です。どうしても、失いたくない。——力を貸していただけないでしょうか」

全員が、自分をじっと見つめるのがわかった。つぐみは、足元に視線を落とす。

想像の遙《はる》か上を行く話に、どうしたらいいかわからなかった。

彼等が本当のことを言っていると、どうして言えるだろうか。しかし、こんな嘘《うそ》をついても、何の得があるのかわからない。

つぐみは逃げ道を探した。

「……でも、私に、そんなことが――だって、あの、昨日の晩に屋根裏へ行ってみたんです。だけど、何も――現れる気配はありませんでした」

「廉子さんは、必ず紅茶とお菓子を用意していました。恐らくそれが……そう、例えば神社の供物のように、『彼』に差し出す必要があるんだと思います」

「お供え物……」

(真夜中のお茶会――儀式――供物――)

祖母が屋根裏へ上がっていく光景が、脳裏に蘇る。

「一度、試してもらうことはできませんか。もし、それで何も起きなかったら――その時は、私も諦《あきら》めます」

お願いします、と柏木は頭を下げた。

「あの、頭を上げてください」

「悠人さんや由希子さんは、能力の制御がまだ不安定なんです。修理さんは器用な人だから、ここを出てもやっていけるって私には言っていますけど、外ではいつも気の毒なほど肩に力が入っているのを、私は知っています。——皆に、この家で過ごす時間を、残してあげたいんです。どうか——お願いします」

ミストフェリーズが朝霧の手を離れて、柏木にぴったりと寄り添った。膝の上によじ登ると、彼の下げた頭に額をくっつけるようにして鳴く。

皆、口を開かなかった。つぐみの答えを待っているのだ。

既視感を覚えた。

「——少し、考えさせて、ください……」

そう口に出してから、圭介のプロポーズに対する返答とまったく同じであることに気がついた。そして同じように、きっと相手を失望させたであろうことにも。

「昨夜のことも、あって——私、今は……」

しかし顔を上げた柏木は、落胆するそぶりも見せず優しく微笑《ほほえ》んだ。

「もちろんです。いきなりこんなお話をして、混乱されていると思います。……怖がらせてしまって、本当に、すみませんでした」

紅茶は、すっかり冷めてしまった。

マンションに戻ると、ドアの前にスーパーのビニール袋が置いてあるのが目に入った。あの時、圭介に投げつけたままだった、と思い出す。管理人が気づいたのか、注意書きのメモが貼られていた。

『共用部分を汚さないように』

崩れたケーキはごみとして片付けられたのか、そこには無かった。

きょろきょろと周囲を見回す。圭介がどこからか現れはしないだろうか、と危ぶみながら部屋へ入った。

色んなことがありすぎて、見慣れた自分の部屋に愛おしさが湧いた。普通の日常が懐かしく思える。

だから月曜日になって会社に向かう時、つぐみは妙な安心感を覚えた。少なくとも仕事をしている間は、圭介とのもつれた関係も、九十九館の奇妙な話からも解放される。

バッグには昨夜焼いたマフィンを詰めた。小川《おがわ》はもちろん、部署の皆に配るつもりだった。そう思ってオフィスへ入ると、何かがおかしかった。あるはずだった、見慣れた何かが違っている。

小川のデスクが、妙にがらんとしているのだ。積み上がっていた書類や、置いてあった私物の置物、仮眠用の枕にひざ掛け――何もかも無くなっている。まるで、新入社員を迎えるために空けた席のようだった。

ひたひたと、不安がこみあげてきた。

「つぐみちゃん、ちょっと」

氏家《うじいえ》が手招きしている。彼は小川以外の女子社員を、下の名前にちゃん付けで呼ぶのだ。

「――はい」

「ちょっと、こっち」

小さな会議室に入ると、氏家は声をひそめた。

「……小川の机、見たか」

「……はい」

「週末、誰もいない間に荷物を片付けたらしい。俺に、メールが届いてた」

そう言って氏家は、ノートパソコンを開いてみせる。

そこには、小川が綴《つづ》った恐ろしい程の長文が映し出されていた。

氏家のパワハラにこれ以上耐えられないこと、牧野《まきの》からの訴えに対して会社が自分を庇《かば》おうともしなかったこと、周囲が誰も自分を助けようとしてくれないこと――それらがびっしりと書きだされている。そして、今日からは余っている有給休暇を消化して、二週間後の日付をもって退職する、と記されていた。

「――というわけで、ともかく、あいつの仕事で急を要するものがあるかどうかが知りたい。ひとまずつぐみちゃんのほうで代わりに対応できるものなのか、もし手に余るものなら相談してほしい」

「…………ある程度は、わかると思いますが――でもせめて引き継ぎを――小川さんと、連絡は……」

「何度電話しても、出ないんだよ」

「私からも、かけてみます」

つぐみは自分の携帯を取り出した。何度もコール音が続いたが、応答は無かった。

（そんな――）

時間を置いて幾度かかけてみたが、小川は出なかった。メッセージを送っても、既読表示はつかない。その間にも、つぐみは小川の持っていた仕事をフォローするために慌ただしく動き回る。空虚感に苛《さいな》まれながら、ひたすら業務をこなした。

その日、家に帰れたのは日が変わってからだった。そこでようやく、バッグにマフィンが入ったままだということに気づいた。忙しくて何も食べていなかったつぐみは、自分で包んだラッピングを開けて、がぶり、と齧《かじ》り付く。

もしゃもしゃと嚙んで飲み込む。無造作に次の包みを開けて、口に含んだ。そうやって、いつの間にか全部平らげてしまう。最後のひと口を飲み込むと、涙がこみあげてきて、ぐっと歯を食いしばった。

携帯を取り出す。もう夜中だったが、つぐみはこれを最後にしよう、と思って小川に電話をかけた。

コール音が鳴ってしばらくすると、唐突に、

「――はい」

と答える声が聞こえた。

はっとして、つぐみは勢い込んで言った。

「小川さん？　長門《ながと》です！」

ブツッ、と無機質な音がして、電話が切られたことがわかった。

切れた携帯を、つぐみはぼんやりと見つめた。

たまに、休日に一緒に出かけることもあった。残業終わりに飲みに行って、愚痴《ぐち》を言い合うこともあった。大変な時を、一緒に乗り越えてきたと思っていた。

（これで、終わり、なのか……）

虚脱感で、つぐみはしばらく動くことができなかった。

それからは連日残業が続いて、つぐみは段々と頭がくらくらするのを感じた。慣れない

上に誰も教えてくれない業務を、手探りするように進めるしかない。

夜食を買いにコンビニへ向かいながら、残りのタスクを頭に思い浮かべてみる。無意識に、ため息ばかり出た。

圭介はあれから姿を見せないし、電話やメッセージも無かった。もう、諦めてくれたのかもしれなかった。そうであってほしい、と思いながらも、不思議と楽しかった時のことが思い起こされる。

オフィスに戻ると、もう誰も残っていなかった。時計は二十二時を指している。

窓越しの東京タワーは相変わらず煌《きら》めいていた。それを横目に、つぐみは買ってきたお弁当をデスクに置く。

（前はよく、小川さんと二人で残って、残業したな……近くのラーメン屋に行って、愚痴を言って「じゃあもうひと頑張りしよう」ってオフィスに帰って——）

牧野も辞め、小川もいなくなり、仕事はつぐみにのしかかってきた。新たな採用は進めると氏家は言っていたが、すぐにどうこうなる話ではないだろう。しばらくはこの状態が続くはずだ。

そう思うと、少し眩暈《めまい》がした。

小川の最後のメールを思い出す。

（『誰も助けようとしてくれない』、か――）

同じ立場になった時、誰か自分を助けてくれるだろうか、と思う。思い当たる顔が浮かばない。

ただ唐突に、つぐみを庇うように圭介の前に出た、柏木の背中を思い出した。

つぐみはデスクに肘《ひじ》をつき、両手で顔を覆《おお》った。

日が経《た》つにつれ、あの時の出来事が夢だったのではないか、という気がしてならない。柏木からも、何の音沙汰《おとさた》もなかった。

（あれは本当の出来事？）

窓の外に目を向ける。夜になっても、東京の街は明るく忙《せわ》しない。ヘッドライトの光は列になって連なり、高層ビルの明かりは消えない。その窓のひとつひとつに、自分のように働いている人間がいるのだと思うと、少し心強かった。

（でも、星はほとんど見えない――月があるのが、不思議なくらい）

ふと、東京タワーの明かりを、何かが遮《さえぎ》った気がした。闇《やみ》を背にした窓にはつぐみの姿が映り込んでいる。

そのつぐみのすぐ後ろに、誰かがいた。息を呑み、動きを止める。

皆もう帰ったはずだ。戻ってきたとしても扉が開く時には大きな音が鳴るから、気づかないはずがない。

黒い服に、タイ。

揺らぐように佇《たたず》む人影は、窓越しにこちらを見つめていた。

振り返ることができなかった。

息が荒くなり、呼吸が早まった。

影が、手を伸ばした。そして、後ろからそっと、つぐみの頭を撫でる。

思いがけない行動に、つぐみは呆然とした。

確かな感触ではない。しかし、温かな何かが、確かにそこにあるのを感じた。まるで労《いたわ》るような、優しい手だった。

（もしかして――）

「慰《なぐさ》めて――くれてるの？」

船のデッキでも、そして、今も。

硝子《ガラス》越しに見えていた人影は、唐突に歪んだ。頭にあった感覚が消えていくのを感じ、つぐみははっとして振り返った。

「待って――」

もうそこには、誰もいなかった。

もう一度、窓を見た。自分だけがぽつんと、オフィスに取り残されている景色が映っているだけだ。

カチカチと、時計が刻む音だけが夜のオフィスに響いている。

つぐみは、さっきまであった温もりを確かめるようにそっと頭に手をやった。

意を決し、バッグを持って立ち上がる。

ビルを出ると、少し肌寒さを感じた。いつの間にか、もう秋なのだ。

発車間際の電車に飛び乗る。いつもの帰り道とは違う方向の電車だ。

今ならまだ、九十九館に間に合うはずだった。


坂道は、甘い香りに包まれていた。

（あ、金木犀《きんもくせい》――）

九十九館の周囲に外灯はほとんどなかったが、月明かりは確かにつぐみを照らしていた。

どこからともなく流れてくる金木犀の濃密な香りに、闇の中で身を委《ゆだ》ねる。つぐみは思い切り息を吸い込んで、夜気を体いっぱいに満たした。

すでに日が変わっていた。坂道の向こうに九十九館の窓から漏れる明かりが見えて、つぐみは歩を速める。

玄関チャイムを鳴らすと、柏木の驚いた顔がドア越しに現れた。

「つぐみさん……？」

「――こんばんは」

「どうしたんです、こんな時間に――あっ」

顔色を変えて、柏木はつぐみの肩を摑んだ。

「まさか、また彼に襲われたんですか⁉　怪我《けが》はどこです、大丈夫ですか⁉」

「え、いえ――」

「今度こそ警察に通報したほうが――」

「違います、柏木さん！」

あまりに必死に言われて、つぐみは慌てた。

「あの――いきなり、ごめんなさい。その……」

勢いで来てしまったので、上手《うま》く言葉が出てこない。

「私――私にできるかどうかはわかりませんが――その、試させて、もらえますか？」

柏木ははたと黙り込む。

「その――呼んでも、来てくれないかも、しれませんが……」

じわじわと、柏木の顔に笑みが広がった。

「……ありがとう、ございます」

「まだ、何もしてません」

「ええ、はい。でも――来ていただけただけで、嬉しいです」

少し照れたように、眼鏡を何度も持ち上げた。動揺した時の癖らしい。

「さぁ、どうぞ入ってください」

「――お邪魔します」

皆すでに部屋に戻っているのか、一階は静かだった。ギシギシと鳴る床の音が一層響く。

「もう、二度と来ていただけないかと思っていました」

広間への扉を開けながら、柏木が言った。

「え？」

「あんなふうに、私達の力を見せて――怖いと思ったでしょう？　みんなそうですから。違ったのは、廉子さんくらい」

つぐみは柏木の背中を見つめた。

「……柏木さん達にとって、私にあんな話をするのは、リスクだったんじゃないですか？」

「はい？」

「だって私が、あなた達のことを誰かに話したら大変じゃないですか。今だったら、ネットに書き込むだけでいいわ。この家に超能力者が住んでます、って——大抵の人は本気にしないでしょうけど、そういう話が好きな人はいるでしょう。きっとすぐ噂《うわさ》になって、押しかけられて、好き勝手に調べられてあることないこと騒がれてしまいますよ。宝井さんが言っていたじゃないですか。正体を知られたら、実験動物にされてしまうって——」

「——つぐみさんは、誰にも言わないですよ」

当たり前のことを言うように、柏木は笑った。

「……女は、口が軽いものですから。一人に言えば、十人に伝わって、百人に伝わるのがセオリーですよ」

「でも、言わないでくれたんですよね」

「……私は、どうすればいいですか？　お茶とお菓子を用意すれば？」

つぐみはバッグをソファの上に置くと、上着を脱いだ。柏木と一緒にキッチンへ入る。

タイル張りの広いキッチンは、シンクが窓際に沿って設置され、中央には作業台としての大きなテーブル、それを囲むように戸棚と食器棚が並んでいた。

「廉子さんは、いつも二人分のお菓子、二人分の紅茶を用意していました。私には絶対に手伝わせなかったので、本人がそれを用意することに意味があるのでは、と思うのですが

──」

「何か、材料はありますか？」

「基本的なものなら大抵揃《そろ》っています。薄力粉、砂糖、卵、バター……」

つぐみは食材を覗いてから、戸棚の中を確認した。一番下に製菓用の器具が整理されていて、その中からマドレーヌ用のシェル型を見つけた。

マドレーヌは混ぜて焼くだけで手間も時間もかからないし、材料も至ってシンプルだ。その割には、こうした型で焼くと上品な高級感が出て、簡単に作ったお菓子には思えない。

つぐみは腕まくりをして、柏木に言った。

「じゃあ、すぐにできるし、マドレーヌを焼きます」

手早くボウルに卵と砂糖を入れ、泡だて器でシャカシャカと掻きまわした。さっきまでは摩天楼《まてんろう》を眺めていたというのに、夜中にこんな場所でお菓子を作るとは思わなかった。なんだか不思議な気分だったが、静かな夜の空気が、忙しなかった気分をいつの間にか静めた。

薄力粉とベーキングパウダーをふるって混ぜる。溶かしたバターを流し込んで、でき上がった生地をシェル型へ注いだ。

オーブンに入れてスイッチを押す。その間に、紅茶の準備をしなくてはならない。

「私、紅茶はあまり詳しくなくて。家では大抵コーヒーだし……淹れ方教えてもらえますか？」

「もちろん。――でも、私がお教えできるのは、基本的な淹れ方だけですよ。楽しみ方はひとそれぞれですから、好みに合わせて好きなように淹れていただければいいんです」

「私は基本もわかりません。好みは、まだわからないわ」

「わかりました。まずは入門編ですね。茶葉はどれにしますか？」

「……そのあたりも詳しくないので」

「では――そうですね、ダージリンにしましょうか」

そう言って柏木は、棚から缶を取り出した。

「『紅茶のシャンパン』って呼ばれているんですよ」

「シャンパン、ですか」

「強い香りが特徴です。特にこのセカンドフラッシュは、マスカテルフレーバー……マスカットのような香り、と称されています」

「セカンドフラッシュ？」

「収穫期によって、味も香りも違うんです。ダージリンのクオリティシーズンは三回、春と夏と秋です。それぞれ、ファーストフラッシュ、セカンドフラッシュ、オータムナルと呼ばれます。セカンドフラッシュは夏摘みの茶葉で、上品な甘みと華やかな香りでとても人気があるんですよ。廉子さんもよく飲んでいましたし、私も好きです」

「へぇ……」

「茶葉も決まりましたし、あとは――カップはどれにしますか？」

つぐみは食器棚を眺めた。随分《ずいぶん》沢山の種類のティーカップが並んでいる。ペアになっているものもあるし、ポットからお皿まで同じ図柄で揃えられたセットもある。

「おばあちゃんって、結構なコレクターだったんですね」

「廉子さんは、その日の気分や、お菓子や茶葉の種類との兼ね合いを考えて選んでいました」

例えば、と柏木はカップを手に取る。

「チョコレートケーキならこの黒と金の縁取りが入ったカップでシックに合わせるか、こちらのピンクの小花柄のセットで暗いケーキの色を際立たせる。カラフルなフルーツタルトなら、シンプルなこの白のカップで引き立てる――そんなふうです」

「洋服とバッグの合わせ方みたいですね」

「似ているかもしれませんね」

甘い香りを漂わせ始めたオーブンをちらと見て、つぐみはなんだか楽しくなって頭の中で組み合わせを考え始めた。

（マドレーヌはこんがりした黄金色……同系色はやめよう。シンプルなお菓子だけど、妙に飾り立てるとせっかくの品が無くなる気がするから、柄が沢山入ったものは避けて……。かといってシンプルすぎるものを合わせるとちょっと寂しい。ファッション誌ではよく、足し算と引き算が大切、っていうけど……）

つぐみが目に止めたのは、白地に緑の縁取りが施《ほどこ》され、中央に清楚《せいそ》な薔薇《ばら》が一輪描かれたカップとお皿のセットだった。品がよく落ち着いた雰囲気で、そこにマドレーヌが加わるとほどよい華やかさが生まれる気がした。

「――これにします」

「うん、確かにそれならぴったりですね」

やかんに水を入れ、火にかけた。

柏木とつぐみはテーブルの上にカップと皿を並べ始める。柏木が、揃いのポットと、透明な丸いポットをひとつ、取り出した。

「ポットにはあらかじめ、お湯を注いでおきます」

「お湯だけ？　茶葉は？」

「このお湯は、ポットを温めることが目的なんです。美味しい紅茶を淹れるには熱いお湯が大事なんですが、ポットが冷えていると、注いだお湯の温度も下がってしまいますから。

――つぐみさんは、紅茶用のカップとコーヒー用のカップの違い、知ってますか？」

「え？　いいえ――私、コーヒーも紅茶も、マグカップで飲んでますけど」

「紅茶用のカップは、口が広くて浅いんです。紅茶は熱いお湯で淹れるので、飲む時に冷ましやすくするために、空気に接する面積を広くしているんです」

「へぇ……」

「昔、西洋ではお茶は、カップではなくソーサーに注いで飲んでいたんだそうですよ」

「え、これで、ですか？」

つぐみはカップの下にあるティーソーサーを手に取った。

「中身をカップから皿に注ぐことで、飲みやすく温度を下げることができたんだそうです。

――すみません、少し話が脱線しましたが、つまりそれほど、淹れる時のお湯の温度が大事なんですよ」

分量を教わりながら、つぐみは透明なほうのポットに茶葉を入れ、沸騰《ふっとう》させたお湯を注いだ。柏木が砂時計をひっくり返す。

「砂が落ちたら、茶こしにかけてこちらのポットに注いでください」

「え、別のポットに？」

「すぐにカップに注ぐならそのままでもいいんですが、ポットに入れて持ち運ぶとなると、このままでは抽出されっぱなしになってしまいますから。一番美味しい香りと旨味《うまみ》の状態を保つための方法です」

ポットの中では、跳ねるように茶葉が上下に動き回っていた。香りがキッチンいっぱいに広がっていく。鮮やかな茶葉の色がポットを染め、つぐみは静かにその様子に見入った。

「綺麗《きれい》な色ですね。それに茶葉が生き物みたい」

「ジャンピングと言うんです。ここで茶葉がしっかり開いて、成分が抽出されることで美味しい紅茶ができ上がります」

砂が落ち切ったので、カップとお揃いのポットに茶こしを載せて移し替える。立ち上る香りは澄《す》み切っていて、思わずうっとりする。コポコポと、温かな音が静かに響いた。

オーブンが鳴った。開くと、焼き上がりの香ばしさと熱が溢《あふ》れ出て、顔に吹きかかった。焼き上がったマドレーヌには、こんがりと綺麗な焼き色が付いている。

皿に盛りつけ、柏木が用意してくれた銀のお盆に載せた。紅茶が冷めないように、花柄のティーコゼーをポットに被せる。

「砂糖やミルクは要るんでしょうか」

「それもお好みですね。でもダージリンのセカンドなら、まず間違いなくストレートで飲むべきですし、廉子さんもこの茶葉を選んだ日は、砂糖もミルクも付けていなかったと思いますよ」

準備は整った。ここからが本番だ。

「では——行ってきます」

「……はい」

つぐみはお盆を手に、階段を上がった。一階の玄関ホールで、柏木が心配そうにそれを見送る。

（本当に、現れるんだろうか……）

屋根裏へ繋がる扉を開けながら、つぐみは今更ながら不安になった。結局何も現れなかったら、どうしたらよいのだろうか。柏木達は失望するだろう。

屋根裏部屋は、相変わらず雑然としていた。持ってきたキャンドルホルダーをテーブルに置くと、光が拡散して、僅《わず》かながらもこの部屋に居場所ができた気がした。

椅子は二つ。つぐみは、カップをひとつずつ置いた。

（あとは——どうすればいい？）

じっと、周囲を見回す。静まり返った夜、物音ひとつ聞こえない。

しばらく部屋の中をうろうろとすると、やがて所在なく椅子に掛けた。コゼーの上からポットに触れる。まだ温かい。

(早くしないと、冷めてしまうじゃない——)

せっかく淹れた紅茶が美味しいうちに、飲んでみたかった。つぐみはポットを手に取ると、カップにゆっくりと注ぎ入れる。

小さな屋根裏は、すぐに香りで満たされた。

コンコン、と、扉を叩く音がしたのはその時だった。

つぐみははっと顔を上げて、扉を凝視する。

しん、と静寂が落ちる。

「——誰?」

答えは無い。

「……柏木さん?」

つぐみはゆっくりと立ち上がり、扉に向かった。取っ手に手をかけ、しばし逡巡《しゅんじゅん》する。

そうして、静かに、扉を開けた。

あの人影がそこに佇んでいるのを覚悟した。

しかし、扉の向こうには誰もいなかった。つぐみは拍子抜けし、扉から顔を出してきょろきょろと辺りを見回す。

（聞き間違い――？）

「――ああ、いい香り」

背後から声がして、つぐみの心臓は跳ねた。

恐る恐る振り返る。さっきまで誰もいなかった椅子に、人が座っている。

蜂蜜《はちみつ》色の髪の青年が、つぐみが紅茶を注いだカップを手に取り、嬉しそうに香りを吸い込んでいる。そうして、こくり、と一口飲んだ。

ふぅ、と満足げに笑みを浮かべる。

「久しぶりのお茶だ――生き返った気分」

つぐみは、何も言えずにその場に立ったまま、彼の様子を見守った。

何度も見た姿だったが、こんなにもはっきりとした輪郭《りんかく》を得ているのは初めてだった。

本当にそこにいるように――実際、いるのだが――普通の人間がそこにいるように見えた。

ハーフかクォーターとでもいった顔立ちに、夜会服のような恰好《かっこう》がひどく様になっている。何より目を引かれるのは、船の上でも見た、その瞳だった。薄暗い屋根裏の中、明かりは小さな蠟燭だけだったが、その揺らめく光が映り込んだ瞳は二つの色が交じりあって不思議な色合いをしていた。

「――つぐみ」

名前を呼ばれ、はっと我に返る。青年は、つぐみを見て嬉しそうに笑う。

「ようやく来てくれた」

つぐみは、恐る恐る彼に近づいた。

「さぁ、座って！　寂しかったよ、誰も呼んでくれないんだから——こっちは呼ばれなくちゃ訪ねることもできないのに」

拗《す》ねたようにそう言って青年は、もうひとつの席につぐみを促した。つぐみは戸惑いながらも、席に着く。

そっと彼の影に目を止めた。

蠟燭の明かりに照らされて、彼のシルエットがゆらりと壁に伸びている。どうやら実体の無いものではないらしい。

皿の上のマドレーヌに目を止めると、青年は目を細めた。

「紅茶にマドレーヌ……プルーストの『失われた時を求めて』だね」

彼の口から二十世紀の大作の名が出てきて、つぐみは呆気《あっけ》にとられた。てっきりこの家に棲《す》みついている座敷童《ざしきわらし》とか、長く使った物に憑《つ》くというつくも神とか、そんな系統の存在かと想像していたのだ。

（本を読む神様？　なんだか意外……）

　そう考えてから、そうではないかもしれない、と首を捻《ひね》る。

（それとも、人間――なのかしら？　つまり、幽霊？　昔この屋敷に住んでいた人だとか……）

　つぐみが頭の中で考察している間に、青年はマドレーヌをひとつ手に取ると、ゆっくり味わうように口に含んだ。

「美味しい……！」

　幸せそうに吐息を漏らす。その様子が人間臭くて、つぐみは少し警戒を解いた。

　何より、自分の作ったものを食べた人、しかも心底美味しそうに食べてくれた相手のことを、そう悪くは思えない。

「ええと――お口に合ってよかったわ」

　そう言うと、青年はぱっと瞳を煌めかせた。

「――来てくれないかと思った」

　頬杖をついてこちらをじっと見つめる様子に、つぐみは少しどぎまぎとする。

「……私の名前、知っているのね」

「廉子から聞いてるよ。自分が死んだら、きっとつぐみが来てくれる、って。でもなかなか来ないからやきもきしたよ」

祖母が自分を後継として考えていたという事実を、意外に思う。

「……おばあちゃんは、ここでいつも、あなたに会っていたの？」

「そうだよ。――つぐみ、もう一杯頂戴」

すでに空になったカップを指して、青年は言った。つぐみは慌ててポットに手を伸ばす。

「ええと、好きに注いで飲んでもらっても構わないわよ」

「そうはいかない。ポットを手にしていいのは、女主人だけと決まっているからね」

「……そうなの？」

「お茶会のルールさ」

注いだ紅茶を美味しそうに飲む様子につられ、つぐみも自分のカップを手に取って口に運んだ。

ほどよい渋みに、爽《さわ》やかな甘さが広がり、高い香りがすっと鼻を通り抜けた。

「――おいしい」

自分で初めてきちんと淹れた紅茶だから、なおさら美味しく感じる。

青年は次々と、ぱくぱくマドレーヌを平らげていく。まるで本当に久しぶりの食事で、空腹だったのだ、というようだった。

「あの――私、おばあちゃんから何も聞いてないのよ。だから、何もわからなくて……その、あなたは、誰なの？　どうして、ここにいるの？」

つぐみが尋ねると、青年はぴくりと睫毛《まつげ》を震わせた。

カップを置き、つぐみに真っ直ぐ視線を向ける。揺れる蠟燭の明かりが彼の頰に陰影を投げかけた。

「来たら、だめ？」

「え——」

「ここにしか、来られないんだ……」

つぐみは戸惑った。

ひどく悲し気な表情になった青年に、それ以上尋ねることは、何か酷《こく》なことを強《し》いている気にさせられた。

（言いたくないのかしら？　それとも、自分でもわからないのかしら……）

「……もちろん、来てもらいたいわ」

そう言うと、青年はぱっと笑顔になる。

「よかった——」

しかし、つぐみの中で彼に対する疑問が解消したわけではなかった。

「じゃあ——ええと、あなたの名前は？　なんて呼べばいいの？」

するとと青年は、じっとつぐみを見つめた。

「──名前をつけてほしいんだ」

「え？」

「僕の名前。廉子につけてもらった名前は、彼女の死とともに消えてしまった。だから今、僕は何者でもない。──君がつけて」

「な、名前？」

こくり、と青年は頷く。

「そんな、いきなり言われても──」

青年は、わくわくと待ちわびる目でこちらを見つめている。餌《えさ》を待っている時の犬のようだ。

（名前──突然言われたって──）

「つ、次に会う時までに、考えるんじゃ、だめ？」

「だめ。今」

頭を抱えた。忙しなく思考を彷徨《さまよ》わせ、つぐみは戸惑いながら考え込む。

（思いつかない──だってこんな、どう考えても人間じゃなくて、日本人でもなさそうで、なんだかわからない人の名前なんて──）

しかし今、名前をつけることができなければ、彼とは永遠に会えなくなる気がした。

頭が真っ白になって、思わず天を仰いだ。

丁度、頭上の天窓から、ちらちらと輝く星が覗いている。

その時ふいに、ひとつの名前が頭に浮かんで、ひどくしっくりと心の中に落ち着いた。

「…………カンパネルラ」

つぐみが呟《つぶや》くと、青年は長い睫毛を瞬いた。

「──カンパネルラ、は、どう？」

「『銀河鉄道の夜』の？」

「知ってるの？」

随分と読書家だ、とまたもや不思議に感じる。

（やっぱり、元は人間なのかしら──）

すると青年は、どこか寂し気な微笑を揺れるように浮かべた。そうして、静かに目を閉じ、まるで味わうように、浸《ひた》るように、

「──カンパネルラ」

と唇を動かした。

つぐみの手を取る。どきりとした。手は、普通の人間と同じように温かかった。

青年——カンパネルラは、その不思議な瞳でつぐみを覗き込むと、こう囁《ささや》いた。

「名前は、僕と君を繋ぐもの。——覚えておいて」

立ち上がったカンパネルラは、そのまま歩いていき、扉を開けた。

「またね——つぐみ」

パタン、と扉が閉まる。

部屋には再び、静寂が戻った。蠟燭はいつの間にか、すっかり小さくなっている。

つぐみは確かめるように、ドアを開けた。

どこにも、誰もいなかった。


お盆を持って、一階に下りる。広間に明かりがついていたので、つぐみは顔を覗かせた。

柏木と、それに下宿人の三人が揃っている。どこか落ち着かない、そわそわした様子だった。窓が開け放たれ、そこから金木犀の香りがふんわりと流れてくる。

「あの——」

つぐみが声をかけると、皆はっとしてつぐみを見た。

ソファに座っていた柏木が立ち上がり、つぐみに駆け寄る。

「つぐみさん――」

つぐみが持つお盆に目を向ける。空になったお皿とカップ。そうしてまた、つぐみの顔を見た。

「……あの、うまくいった、と、思うんですが――どうでしょう、何か、変わっていますか？」

柏木は、自分の両手を注視した。そして、

「――何も、できない」

と呟く。そして、後ろに佇む三人に視線を向けた。

「修理さん、由希子さん、悠人さん！」

三島が、ぎゅっと胸の前で両手を握っている。

「聞こえません――何も、聞こえない」

「俺も……力が使えない」

「――元に戻ったんだ。元の九十九館に」

わっと歓声が上がった。

柏木が泣き出しそうな顔で笑った。

「ありがとうございます、つぐみさん！　――ありがとうございます！」

TSUKUMOKAN

第四夜

十月も後半になると大分肌寒くなり、つぐみは薄手のコートを羽織って人気《ひとけ》の無い駅に降り立った。橋を渡り、坂を登っていくと、通りすがりの家々の庭に植わっている柿の木が、鮮やかな実をすずなりにしているのが目に入る。こっくりとしたその色に秋を感じながら、ゆっくりと歩を進めた。

やがて現れる赤煉瓦《れんが》の洋館の前で立ち止まり、一息入れる。

山々は少しずつ色づき始めていた。九十九《つくも》館を取り囲む草花も、秋色に染まっている。コスモスが揺れる様子を眺めながら、つぐみはチャイムを鳴らす。

「いらっしゃい、つぐみさん。お待ちしてました」

柏木《かしわぎ》がいつもの朗《ほが》らかな笑顔で出迎えてくれる。エプロン姿に腕まくりをしていて、夕飯の準備の途中だったらしい。キッチンからはいい匂いがする。

「ご飯、すぐできますから、もう少し待ってくださいね」

れた。

あの晩、初めて屋根裏のお茶会を終えた時、柏木はここで暮らすことを再度提案してくれた。

毎週土曜になると、つぐみは九十九館を訪れるようになった。

「いいんですよ、座っていてください」

「何か手伝いましょうか？」

実のところ、少し心が動いた。今のマンションで一人暮らしを続けるのは、少し不安だ。圭介《けいすけ》に居場所を完全に知られているのだと思うと、引っ越しという選択肢を考えずにはいられない。

それでも職場から遠いこともあり、つぐみは断った。代わりに週に一度、一晩だけここで過ごすことを提案し、約束通りこうして土曜日になると足を運んでいる。

広間では、宝井《たからい》がソファにごろりと横になりながらパソコンを開いていた。

「あ、つぐみちゃん。いらっしゃい」

彼のお腹《なか》の上には、ミストフェリーズが丸まっている。丁度テラスから入ってきた朝霧《あさぎり》が、つぐみを見てぺこりと頭を下げた。彼の肩には綺麗《きれい》な尾羽を持った鳥が止まっており、足元には栗鼠《りす》がまとわりついていた。

（なんだか、ディズニーアニメみたい……）

「お邪魔します。相変わらず、みんなモテモテですね」

九十九館に来ると、動物がよく訪ねてくることに気がつく。

あのミストフェリーズを始め、猫に犬、鳥、山からは狸《たぬき》や栗鼠、等々――庭先やら窓辺やらに吸い寄せられるようにやってくるのだった。

「能力者の特徴として挙げられるのが、動物に好かれやすい体質なんですよ」

以前、疑問に思って口にすると、柏木はそう説明してくれた。

「私達は、ある意味人より動物に近いのかもしれません。だから人には見えないものが見えたり、異なるエネルギーを操ることができるのかも」

そんな話を思い出しながら、ミストフェリーズに近づいてみる。しかしつぐみが手を伸ばすと、黒猫はささっと逃げてしまうのだった。

「……みんなが好かれるのはいいとして、どうして私は嫌われてるの？」

がっかりして肩を竦《すく》める。宝井が笑った。

「嫌ってないよ。警戒してるんじゃない？」

「そうなのかな……」

荷物を客間に置くと、キッチンに顔を出した。今夜作る予定のお菓子のための材料を買ってきたので、隅《すみ》にでも置かせてもらおう、と中に入る。ぐつぐつと煮込まれている鍋の蒸気に包まれながら、柏木が包丁で小気味よい音を立てている。

つぐみは動きを止めるると、その後ろ姿をそっと眺めた。

男性が台所に立つ姿というのは存外魅力的だ、と思う。つぐみがこれまで付き合った相手は大抵料理をするタイプではなかったので、こういった光景には馴染《なじ》みがなかった。

柏木はこの家の炊事から掃除、洗濯まで、すべて請け負っていた。管理人というより家政夫だ。彼の料理はどれも美味《おい》しかったし、家の中はいつだって綺麗に整理整頓されている。家事全般をそつなくこなし、かつ楽しそうな様子には敬意すら覚えた。

（なんというか、理想の嫁……）

これまでの恋人達が、つぐみの作った食事を当たり前のように食べる様を、ふと思い出す。しかし柏木はあくまで、職務としてそれを行っているのである。目の前の人物の善意や好意に甘えているわけではないという事実は、妙につぐみを安心させた。

柏木はいつも、着古した風情の襟《えり》付きシャツにパンツという恰好《かっこう》で、そこにエプロンを纏《まと》っている。もう少し見た目に気を使えばいいのに、と案外広い肩幅をついつい見つめた。

「あ、つぐみさん。ちょうどよかった、味見してもらえますか？」

突然振り返った柏木に、つぐみはどぎまぎする。じろじろ眺めていたことに気づかれただろうか。

「は、はい！」

「今日はぶり大根です。ご近所さんに大根いただきましてね、すぐそこの畑で収穫した採れたてなんですよー」

傍《かたわ》らに立つと、柏木はにこにこと小さな器《うつわ》に少しだけよそって、つぐみに差し出す。

（ちょっと、圭介の気持ちがわかったかも……）

よく、圭介が台所に立つつぐみに抱き付いたりじゃれたがったのを思い出す。

「美味しい……」

「よかった」

夕食ができ上がると、皆が集まってきた。大勢で食卓を囲む、というのも、つぐみにとってはこれまで馴染みのなかった光景だ。

「いただきます」

皆、きちんと手を合わせていただく。

「つぐみちゃんさぁ、もうここに住んじゃえばいいのに。仕事なんて今時、オフィス行かなくてもできるものだよ」

実際にそれを実践している宝井が言った。

「それは、まぁ、そうですが……うちではまだ、なかなかそういったふうには……」

「もー、俺コンサル入ってあげようか？」

「修理《しゅり》さん」

柏木が窘《たしな》めるように言った。

「あまり無理を言わないでください。──つぐみさん、週末にこうして来ていただけるだけで、十分ですよ」

つぐみは、三島《みしま》の様子を窺《うかが》った。相変わらず、彼女とはほとんど口をきいていない。向こうから話しかけてくることも皆無だし、こうした食事の席以外、避けられている気もした。

「今日はお菓子、何作るの？」

「ヴィクトリアンサンドイッチです」

「いいなー。余ったら一口頂戴」

「ええ、ただ……なかなか、余ることがないんですけど」

カンパネルラ──そう名付けた青年は、非常によく食べた。あの日以来、何度か屋根裏を訪れ彼に会っているのだが、その都度持っていった手製のお菓子をぺろりと平らげてしまう。作り手としては嬉《うれ》しいことだった。

「多分、今日も全部食べてしまうんじゃないかしら──今度、皆さんの分も作りますね」

食事を終えると、つぐみはキッチンを借りて、早速生地作りに取りかかった。

ヴィクトリアンサンドイッチはシンプルなお菓子だ。名前こそサンドイッチだが、実際にはホールケーキだった。スポンジケーキの間にジャムを挟み、上から粉砂糖をふりかけるだけなのだが、だからこそ生地の美味しさが重要になる。

生地をオーブンに入れて、その間に洗い物を済ませてしまう。いい匂いが漂い始めた頃、つられたようにミストフェリーズがキッチンへ入ってきたが、つぐみに近づこうとはしなかった。

「いい匂いですね」

柏木が顔を覗《のぞ》かせた。

「ヴィクトリアンサンドイッチですか。廉子《れんこ》さんもよく作っていました。お茶に合うって」

「最近、私も色々調べるようにしているんです。そうしたら、このケーキがお茶会の定番だと知りました。実は作るのはこれが初めてなんですけど……」

オーブンから取り出したスポンジケーキはしっかり膨らんでいて、見た目は合格だった。冷ましている間に、紅茶を用意する。

「どの茶葉が合うでしょう……」

柏木に助言を求める。本を買って調べるようにはしているのだが、まだどんなお菓子に何が合うのかがよくわからない。

「そうですね、大抵の茶葉は合うと思いますが……今日はロイヤルミルクティーなんてどうでしょう？」

「ミルクティーですか？」

「ええ。茶葉はアッサムにしましょうか」

「ミルクティーって、紅茶にミルクを入れるだけじゃないんですか？」

「もちろん好みですからそれでも構いませんが、ロイヤルミルクティーは茶葉からの抽出時にすでに牛乳を入れるんです」

そう言って柏木は手鍋を用意した。つぐみは説明を受けながら、その鍋で水と牛乳を沸《ふっ》騰《とう》直前まで沸かす。そこに蒸らしておいた茶葉を入れ、そのまま鍋に煮出して、茶こしでポットに注ぎ込んだ。

ミルクの上品な香りが立ち上ってくる。

「寒くなってきましたし、ミルクティーは特に美味しいと思いますよ」

「飲むのが楽しみ。ありがとうございます、柏木さん」

スポンジケーキを平行に切り分け、真っ赤なラズベリージャムを挟む。上から粉砂糖をかけたら完成だ。シンプルではあるものの、とても愛らしいケーキだった。

「では、行ってきます」

「はい、行ってらっしゃい」

まるで朝の玄関先のような挨拶《あいさつ》を交わして、つぐみは階段を上った。

屋根裏部屋に入ると、テーブルセッティングをする。今夜は、庭から摘んできた竜胆《りんどう》の花を一輪、小さな花瓶《かびん》に生けた。

二つのカップにそれぞれ、紅茶を注ぎ入れる。それが、彼を呼ぶ合図だった。

コンコン、とノックする音がする。つぐみが扉を開けると、カンパネルラが微笑して立っていた。

「こんばんは」

現れてくれたことに、ほっとする。毎回、少し不安なのだ。

彼が何者なのか――つぐみにはいまだに謎《なぞ》だった。

柏木は家神のようなものではないか、と話していたが、実際にこうして何度か会ってみると、どうも首を捻《ひね》りたくなる。物《もの》の怪《け》とか、幽霊とか、そういったものとも違う気がするのだ。傍《そば》にいると、普通に人間にしか見えない。

あなたは何者なの？　ともう一度尋《たず》ねてみようと何度か考えたものの、その都度躊躇《ためら》った。つぐみには薄らとした不安があった。

(鶴の恩返しとか、浦島太郎《うらしまたろう》とか——昔話では大抵、やってはいけないと言われたことをすれば、相手を永遠に失う。そして相手の正体を知れば、そこで終わり——)

そう考えると、訊《き》いてはいけない気がするのだ。

「今夜はロイヤルミルクティー？　いいね、これ大好き」

嬉しそうに、カンパネルラはカップを手に取る。

今日は、カップの持ち手が蝶《ちょう》の形をしている、バタフライハンドルと呼ばれるものを選んだ。なかなか精密に彩色の施《ほどこ》された蝶は、カップに描かれた花にとまって羽を休めているように見える。このカップのお蔭《かげ》で、テーブルの上が一気に華やかになった気がした。

ケーキも気に入ったようで、カンパネルラは嬉々として口に運ぶ。ワンホールがみるみる減っていった。

「怪我《けが》、痕《あと》が残らなくてよかったね」

カンパネルラが、指で自分の額《ひたい》をとんとんと指す。言われて、つぐみははっとこめかみを押さえた。圭介に殴られた時の腫《は》れはすでに引き、しばらくは青黒くなっていたものの、今ではほとんどわからないようになっていた。

「——うん。ありがとう」

「女性を殴るなんて、あり得ない。あいつのプロポーズは断って正解だよ」

憤《いきどお》るように唸《うな》って、カンパネルラは持っていたフォークをぶんぶんと振った。

つぐみがカンパネルラに会って話すのは、いたって他愛《たあい》のないことばかりだった。最初は何を話せばいいのか戸惑っていたが、今週は何をしたとか、ここの住人の様子だとか、果ては今日の夕飯がなんだったかとか——そんな会話で、カンパネルラは満足そうに笑うのだった。

しかし圭介のプロポーズについて、彼に話したことはなかったはずだ。

「ねえ、それって——どこかで、見ていたの？　それとも、私の記憶が見えるの？」

カンパネルラははちきれんばかりにケーキを頰張《ほおば》り、ハムスターのような顔でもぐもぐしている。

「あの時は見てたよ。つぐみがここに来てくれないから、こっそりとね」

「じゃあ、今でも私がここにいない間、どこかで見ている？」

「この家の中のことなら、ある程度は見えるよ。でもここ以外じゃ、なかなか思うようには動けない。あの時は必死だったんだ。つぐみがもうここに来てくれないかもしれないと思って」

「……そんなに、来てほしかったの？」

「つぐみがいなくちゃ、僕は一人きりだからね」

どこまで踏み込んでいいものかわからなかった。つぐみは気をつけながら、質問する。

「おばあちゃんとは、いつもどんな話をしてたの？」

思い出すように、カンパネルラは視線を上に向ける。

「うーん、なんだろう？　大したことじゃないよ。今日は何の花が咲いたとか、下宿の誰かがこんなことしたとか」

「じゃあ、今と変わらないわね。……カンパネルラは、ここにいない間は何をしてるの？」

「えー？　……寝てる、かなぁ」

「寝てる？　どこで？」

「――何もないところだよ。だから、ここに来れて嬉しい。ねぇつぐみ、今度パンプキンパイが食べたいなー」

「パンプキンパイ？　ああ、いいわね。もうすぐハロウィンだし――」

随分《ずいぶん》と季節感まで心得ているものだ。

（パンプキンパイか――パイ生地を切り抜いて、ジャック・オ・ランタンの形にしたら可愛《かわい》いだろうな）

それ以上尋ねることはやめた。結局今日も、彼が何者で、どうしてこの家に不思議な力が宿っているのか、謎のままだ。

（知る必要はないのかもしれない……でもおばあちゃんは、知っていたのかしら）

「竜胆の花――この色好きだな」

花瓶の花をつんと突いて、カンパネルラが言った。深い群青色が、星を模《かたど》ったような花弁に広がっている。

「青い花っていいよね。スターチスとかデルフィニウムとか。『銀河鉄道の夜』にも、竜胆が出てくるし」

「――本が好きなの？」

「好きだよ。つぐみは？」

「好きよ。なんでも読むけど、特に推理小説」

「へぇ、意外」

「超能力や魔法が無くても、不思議なことを起こすことができるのって、すごいと思うのよね。――ここの住人達の力があったら、密室殺人も何も成立しなくなっちゃうわ。それじゃ面白くない」

「あはは！　それ宗司郎《そうじろう》達に言ってみなよ。修理なんて大笑いするな」

可笑《おか》しそうに笑う。この家の住人達のことを、カンパネルラはよく知っているようだ。

祖母が話したのか、つぐみよりよほど詳しい。

「宝井さん？　どうして？」

「修理のお父さんとお兄さん、警察の偉い人なんだよ。よく修理も、捜査に協力してる」

「ええっ、そうなの？　……そんな浅見光彦《あさみみつひこ》みたいな人、本当にいるんだ」

ドラマにもなっている有名な探偵を思い浮かべて、つぐみは呆気《あっけ》にとられる。

「捜査に協力って――サイコメトリーの力で？」

「そう。……修理がここで一番しっかりしてるのは、そうやって昔から、自己肯定感がある程度あったからだと思う。普通、なかなかそうはいかない。宗司郎は、由希子《ゆきこ》や悠人《ゆうと》にもそんなふうに自信をつけてあげようとしてる」

「柏木さんが……他の皆の先生役なのね」

「力の使い方、制御の仕方――宗司郎はよく心得ているからね」

カンパネルラがティーカップの蝶を、指先ですっと撫《な》でた。

パチン、と音がしたかと思うと、蝶が羽を揺らし、はためき始める。蝶はすうっとカップからその身を離して飛び立った。淡い燐光《りんこう》を放ちながら、ひらひらと、天窓に向かう。

つぐみはぽかんとしてその様子を目で追う。

部屋の中を飛び回った蝶は、やがて竜胆の花の上に静かに身を下ろした。

「――たまには羽ばたかせてあげないと、彼も窮屈《きゅうくつ》そうだ」

カンパネルラは頬杖をつきながら、ふふ、と笑った。

「つぐみちゃんは、彼氏いるの？」

氏家《うじいえ》がそう尋ねてきて、つぐみはしばし沈黙した。

「――いえ」

「そうなの？　可愛いのにねぇ。もったいない」

進捗状況を確認するミーティングの席で、そんなことを言う意図がわからなかった。

（こういうのもセクハラになるんじゃなかったっけ？）

そう考えたものの、つぐみもそれなりに歳《とし》を重ねた分、動じはしなかった。軽く受け流すくらいが丁度いい。

「いやぁ、ここのところずっと残業続きにさせちゃったからね。デートもできないんじゃないかと思って」

「――お気遣いありがとうございます。でも、問題ありません。ようやく少し落ち着いてきましたし。採用のほうはどうなってますか？」

「うん、いい人が一人いるから、今度つぐみちゃんにも会ってもらおうと思って。経験豊富だし、彼がくれば安心だ。つぐみちゃんの負担も軽くなるよ」

小川《おがわ》がいなくなり、氏家の集中砲火の矛先が自分に向くのではと心配していたつぐみだったが、意外にも自分への当たりはソフトだった。

恐らく自分が『女の子』とみなされているからだろう、とつぐみは分析していた。結婚してそのうち辞めていく女の子。小川への厳しさは期待の裏返しだったのではないか、と今では思う。少なくとも氏家は小川を『ちゃん』付けで呼んではいなかった。

仕事を終えて会社を出る。まだハロウィンまで日があるものの、パーティーでもあるのか仮装した若者達と何度かすれ違った。

ハロウィンが間近になると、都内のいたるところで、血まみれのドレスを着た女の子や、被り物をしたグループなどが徘徊《はいかい》し始める。ここ数年加熱するハロウィンイベントに、つぐみは辟易《へきえき》しながら駅へと向かった。六本木《ろっぽんぎ》のハロウィンは、都内でも有数の盛り上がりを見せる。当日はひどい混雑になるだろう。

通り過ぎていく店のどれもが、カボチャや蝙蝠《こうもり》のハロウィン仕様な飾り付けが施され、街はオレンジと黒で彩られていた。

突然、どん、と腰に何かが激突してきて、つぐみはよろめいた。

酔っぱらった若者が倒れ込んできたのか、と思ったが、振り返ると小さな男の子ががっしりとつぐみにしがみ付いている。

「——つぐみ！」

名前を呼ばれて、つぐみはぽかんとした。

「えっ？」

「つぐみ！　つぐみ！」

少年はひどく汚れていた。上着の下に着ているのは、縞《しま》模様のパジャマ。靴を履《は》いておらず、裸足《はだし》の小さな足は傷だらけに見えた。

「あの、君、ちょっと」

及び腰になるつぐみに、しっかりとしがみついた少年は、離すまいとするようにぎゅっと腕に力を込めた。周囲の通行人が、何事かと視線を寄越してくる。

「どうしたの？　えーと……迷子かな？」

「——いた！　待ちなさい！」

声が聞こえて、少年がさっと顔を上げた。人ごみの向こうから、制服姿の警官が二人、走って来るのが見える。

少年は、警官とつぐみの顔を交互に見返した。そして、泣き出しそうな顔をつぐみに向けた。

突然、脱兎《だつと》のごとく走りだす。

「――あっ」

遠ざかっていく少年を、つぐみは目で追いかけた。警官がつぐみの横をすり抜け、「止まりなさい！」と叫びながら走っていく。

すると、彼等の前に大きな犬が現れ、わっと飛びかかった。警官二人は悲鳴を上げ、押し倒され大きく転倒する。

その間に、少年の姿は見えなくなってしまった。

犬を引き剝《は》がした警官の一人は、少年の消えた方向へ急いで走っていく。もう一人は痛そうに顔をしかめて立ち上がると、脱げた帽子を拾いながらつぐみに声をかけた。

「すみません、あなた、先ほどの子と知り合いですか？」

「いえ、知りませんけど――」

「あの子、何か言っていませんでした？」

「いえ……あの子、何かしたんですか？」

「保護するように言われてるんです。ずっと行方不明だったんですよ。もしまた見かけたら、すぐに警察に連絡ください」

「行方不明？　……誘拐でもされていたんですか？」

「半月前、児童養護施設で火事があったニュース、知りません？　あそこの子どもなんです。火事の晩以来、ずっと行方が知れなくて」

そのニュースなら覚えがあった。子どもを含む死傷者十数名という、ひどい火事だったはずだ。

若い警官が、息を切らして戻ってくる。

「駄目です、見失いました。──なんだよあの犬、痛《いて》え……」

「まだこのあたりにいるはずだ。探すぞ」

「逃げるってことは、あの子が火をつけたって話、本当なんですかね」

「──しっ、馬鹿」

つぐみに視線を走らせて、警官達は口を閉じた。

「──では、見かけたら、通報お願いします」

そう言って敬礼すると、何やら無線で話をしながらその場を立ち去っていく。

つぐみは彼等の後ろ姿を見送りながら、さっきまでしがみついていた子どもの腕の感触を思い出していた。

細い腕だった、と思う。細い腕が、痛い程の力で抱き付いていた。

見たことの無い子どもだった。そもそもあんな年頃の子どもに、知り合いなどいない。

――つぐみ！

（私の名前、どうして知ってるんだろう――）

家に帰ると、気になってニュースを検索してみた。「火事　児童養護施設」と打ち込むと、目当ての情報はすぐに検索ページのトップに表示される。

都内の児童養護施設『春風園《しゅんぷうえん》』で、今月五日未明《ま》に火事が起きた。出火元は職員の夜勤用の部屋で、ガソリンが撒かれ火がつけられたものとみられている。子どもと職員を含む十一人が死亡、四人が重傷。この施設で生活していた子ども一人が行方不明になっている。職員の話では、行方不明の子どもは日ごろから、そのうち火事が起こるとよく話していた――。

記事の書き方に意図を感じて、嫌な気分になった。この行方不明の子どもが、自分の言った火事を現実にするために火をつけたんだろう、とほのめかしているようだ。

パジャマに、裸足。少年の姿を思い出す。未明に起きた火事で、眠っていたところを慌てて逃げ出したのだろうか。

警察の姿を見た時の、少年の顔を思い出す。

――あの子が火をつけたって話、本当なんですかね。

（まさか――あんな小さな子が？）

恐らく年齢は、小学校にようやくあがるくらいではないか。ガソリンを撒いて、火をつける――そんなことができるだろうか。

翌日から、つぐみは無意識に、少年の姿が無いかと帰り道に目を配るようになった。ニュースにも注意を払っていたが、見つかったという続報はない。

（こんな寒空の中、一体どこでどうやって生活しているんだろう。お金なんて無いだろうし、食べるものは？）

街はいよいよハロウィン当日となり、夕暮れが近づく六本木には、どこからともなく仮装した人々が無尽蔵に湧き出していた。よりによって今日は金曜の夜で、誰もかれも朝まで騒ぐ気満々だ。

「ハッピー――ハロウィ――――ン！」

「お姉さん、一緒に飲もうよー！」

歓声やら奇声やらが至る所で上がっている。仕事を終えたつぐみは人を掻《か》き分け、声をかけてくるテンションの高い若者達を無視して、駅に向かった。

ようやく電車に乗りこむ。車内にも、まったく凄《すご》みのない吸血鬼や、包帯でぐるぐる巻きの女の子、とんがり帽子の魔女集団、そしていかにも探してほしそうな赤いボーダーの帽子とシャツを着て丸眼鏡をかけた男達などが、騒がしく入り乱れている。そんな彼等と、つぐみのような会社帰りの人々との車内のコントラストは、奇妙だった。

家の最寄り駅に降り立っても、ハロウィンの世界は続いていた。町内会の催しものなのか、子ども達が仮装しながら、列になって商店街を行進していく。ただ、ディズニーのキャラクターやかぼちゃの精に扮《ふん》した彼等の様子には、先ほどまでの狂乱とは違って少しほっとさせられた。

「トリック・オア・トリート！」

可愛らしくそう叫びながら、小さなおばけ達は保護者に先導されて住宅地の間を練り歩いていく。行軍の途中では、家から顔を出した住人がお菓子を配っているのが見えた。

「トリック・オア・トリート！」

子ども達は、つぐみのマンションとは別の方向へと向かっていった。騒がしい声が遠のいていき、夜の住宅地に静寂が戻ってくる。

お菓子をくれなければ悪戯《いたずら》をする、というこの言葉に、つぐみはカンパネルラを思い出した。人ではない何かと上手《うま》くやっていくには、捧げるものや交換するものが必要なのは、どこの世界でも変わらないのかもしれない。

「――トリック・オア・トリート」

背後から声がして、つぐみは足を止めた。

行進の列からはぐれたのか、お化けの恰好をした子どもが一人、ぽつんと立っている。頭から白いシーツを被って目元を切り取っただけの、まるで映画『E.T.』で異星人E.T.がハロウィンの仮装をした時のような恰好だ。

「……トリック・オア・トリート」

「えっ、お菓子？　ごめん、今何も持っていなくて――」

つぐみははたと、子どもが裸足なことに気がついた。

しばらく、二人は静かに見つめ合った。シーツの下からはみ出した足元は、見覚えのある縦縞のパジャマだ。

子どもの後ろから、犬がぬっと顔を出した。毛むくじゃらで、子どもが乗れそうなくらいに大きい。まるで彼を守ろうとするかのように、つぐみの前に出た。

「駄目だよ、その人に飛びかかったらお前のこと嫌いになるからね」

シーツのお化けはそう言って、頭から被っていた布を剝いだ。犬は大人しく命令に従うように、そっと下がる。

数日前に見た時より少年は、痩《や》せたように思われた。

「やっと見つけた──」

そう言って、くしゃっと顔を歪める。

「会えるって、知って、たんだ。でも、いつなのか、よく、わかんなかったから──」

泣き出した少年は、途切れ途切れに言葉を繋《つな》いだ。

「お願い、連れてって」

「連れてくって──」

「九十九って書いてある家」

つぐみは目を見開く。飛び込むように、少年はつぐみに抱き付いた。

「つぐみと、そこで暮らす──」

ぎゅう、と腕に力が籠《こも》る。

つぐみは周囲を見回した。人気《ひとけ》は無い。

「ええと──」

戸惑いつつも、屈んで少年と目線を合わせる。髪はぼさぼさで、大きな目が涙に濡《ぬ》れていた。

「──えーと、君、名前は？」

「スイ。──彗星《すいせい》の、彗」

「彗君、……今までどこにいたの？」

「外で──こいつと一緒に」

そう言って犬を指す。

彗は、つぐみの手をぎゅっと握りしめた。ぐうぅ、とお腹の鳴る音がした。

「お腹空いてる？」

「──うん」

しばらくの間迷ったつぐみだったが、躊躇《ためら》いながらも少年の手を握り返した。

空腹の子どもに何か食べさせることに、誰も文句など言わないだろう。そう自分を納得させる。

「じゃあ、ご飯食べようか。うちに来る？」

「──行く！」

ぱっと笑顔を浮かべると、少年はごしごしと涙を袖《そで》で拭いた。

少年の手を引いて、二人は連れ立って夜道を歩いていく。あとをついてきた犬は、大人しくマンションのエントランスで立ち止まった。

彗は犬に抱き付くと、「ありがとう」と汚れた毛並みに顔を埋《うず》めた。

「──元気でね」

犬は彗の頬を舐めまわす。そして名残惜しそうに鼻を擦り寄せてから、静かに歩き去っていった。

「……あの犬、あなたの犬?」

「違うよ。僕がふらふらしていたから、餌《えさ》を分けてくれたり、寝床を使わせてくれたりしたんだ」

「――好かれてるんだ」

「僕、動物はみんな好き。みんなも僕が好きみたい」

おや、と思う。なんだか聞き覚えのある話だった。

（まさかね――）

部屋に入ると、つぐみは冷蔵庫を開けて、今から作れそうなものを考えた。彗は物珍し気に部屋の中をうろうろとしている。

「彗君、ご飯作ってる間に、お風呂に入ろう。タオルはここに置いておくからね。着替えはこれ。私のだから大きいけど」

「一緒に入らないの?」

「……一人で入れないの?」

「一緒がいい」

つぐみは頭を掻く。子どもの扱いなど、勝手がわからない。

仕方なく、Tシャツとハーフパンツ姿になって、頭と体を洗ってやった。湯船に入ると、彗は嬉しそうにパシャパシャとお湯を跳ね上げた。つぐみは、もらいものの黄色いアヒルのおもちゃをお湯に浮かべる。

（一体、どうしてこんなことになってるのかしら……）

その様子を眺めながら、ここ最近の非現実感を思った。

汚れを落とした彗は、少し色素の薄い栗色の髪をした、愛らしい子どもだった。火をつけたとか、そんな話はにわかには信じがたい。

「――ねぇ、彗君は、どうして私の名前を知ってたの？」

「見たから」

「何を？」

「九十九の家に、つぐみと一緒にいるの」

「…………君と、私が？」

「うん。それから、かんぱねるらも」

つぐみは固まった。

「……今、なんて言ったの？」

「綺麗な目の人。かんぱねるらが、あの家にいるんでしょ？」

　呆然として、目の前の少年を見つめた。カンパネルラ、という名を彼につけたことは、柏木にも誰にも話していない。

「見たって——どうやって見たの」

　すると彗は少し表情を曇らせ、唇を尖らせた。

「嘘《うそ》じゃない。僕、嘘つきじゃないよ」

「え？」

「みんな嘘だって言うんだ。火事が起きるって言っても、みんな信じてくれなくて——」

「火事？　——火事が起こることを、知ってたの？」

「そうだよ。みんな死んじゃうから逃げてって言ったのに——」

「それは、その——見たの？　火事が起きて、皆が……死んでしまうのを」

　彗はアヒルのおもちゃを弄《もてあそ》ぶ。

「そうだよ。前から何度も見たんだ。本当だもん」

「それで……それでみんな、あなたのことを、嘘つきだって？」

「みんなそうだよ。だからお母さんは、僕のこともう、迎えに来てくれないんだ。でもつぐみは、僕と一緒にいてくれるでしょう？」

つぐみは何も言えず、じっと彗の顔を見つめた。張り付いた髪の毛を搔き上げてやり、

「百数えてから、出てくるのよ」

と風呂場を出た。

濡れた手足を拭きながら、思考が錯綜《さくそう》していた。

「いーち、にー、さーん、しー……」

幼い声が、数を数えるのが響いてくる。

（どうしよう――）

額に手を当てる。自分の手には負えない気がした。

風呂を出た彗の髪をドライヤーで乾かしてやると、ほわほわとした細い髪にツヤが戻った。

冷凍してあったお米に、卵があったので、オムライスを作ることにする。もう少し何か買っておけばよかった、と後悔した。一人だと思うと、食生活はどうしても適当になってしまう。

「どうして火事のあと、いなくなったの？　みんな探していたでしょう？　先生達も、友達も心配してるわ」

作り立てのオムライスを頬張る彗の正面に座って、つぐみは尋ねた。なんだか質問ばか

りになってしまう。口の周りにケチャップがべったりついていて、ティッシュで拭いてやった。

するとみは首を竦め、悪いことを見つけられたようにつぐみを見た。

「だって——あそこには戻りたくない」

「どうして？」

彗は、どこか遠くを見るような目をした。

「あそこは、嫌いだから——だから僕が、火をつけたの」


つぐみは、横で眠る彗を起こさないように、そっとベッドを降りた。

寝顔を見ながら、彼を九十九館に連れて行こう、と決心していた。柏木に相談するしかない。

彗がよく眠っていることを確かめて、つぐみは家を出た。近くのスーパーの二階には衣料品が売っていて、年中無休で営業しているはずだった。あの恰好で連れ歩けば、確実に人目についてしまう。服と靴が必要だ。

初めて足を向けた子ども服売り場で、おおよそサイズの合いそうな服をいくつか買いこむ。靴はサイズがわからなかったので、ひとまずサンダルを購入した。あとで九十九館へ行く途中、どこかでスニーカーでも買えばいいだろう。それから一階へ下りて、朝食用のパンと、オレンジジュースを買った。

袋を両手に抱えてマンションの前までやってくると、エントランスで小さな影がうろうろとしているのが目に入った。

「――つぐみ！」

つぐみのパジャマの上だけを羽織った彗が、泣きそうな顔で駆けてくる。

「起きたの？　ごめんね、ちょっと買い物に――」

そこにいるのを確かめるように、つぐみに飛びつく。小さい泣き声が聞こえてきた。

（よほど心細かったのかしら……）

「……一人にしてごめんね。部屋に戻ろう。ここにいるから、大丈夫」

しゃくり上げる彗を宥《なだ》めながら、エレベーターで昇った。丁度、隣人が部屋から出てきて、挨拶をする。

「――おはようございます」

ちら、と彗を見て、隣人の女性は訝《いぶか》し気な顔をした。このマンションは単身者向けだから、子ども連れは目立つのだ。

「お、おはようございます。あ、あの、甥《おい》っ子が訪ねてきていて……すみません、昨日うるさかったですか？　気をつけますので！」

訊かれてもいないのに慌てて説明して、つぐみは急いで部屋に駆けこんだ。

(怪しまれて警察に通報されたりしないかしら……)

この子を警察に届け出もせずに連れ回すのは、誘拐になるのだろうか。かといって警察に連れて行くのには躊躇いがある。

──僕が、火をつけたの。

昨夜の言葉を思い出して、つぐみは頭を振った。

彗に服を着せてやり、朝食を済ませると、つぐみは一泊分の荷造りをした。

「あの家に行くの？　かんぱねるらのところ？」

「そうよ」

彗はわくわくしたような表情で、つぐみの手にぶら下がった。

新宿《しんじゅく》で電車を乗り換えるついでに、靴屋に寄ることにする。ＪＲの東口を出ると、土曜日の新宿は人で溢《あふ》れかえっていた。忙《せわ》しなく行き交う人の波に押されてしまう。

「はぐれないように、ちゃんと摑《つか》まっていてね」

「つぐみ、こっちに行こう」

横断歩道を渡ろうとすると、ぐい、と引っ張られてつぐみは驚いた。

「え、お店はこっちなのよ」

「こっちからも行けるよ」

「だめよ、そっちじゃ遠い――」

つんざくような衝撃音がして、つぐみははっと顔を上げた。

横断歩道の向かいのショーウィンドウに、一台のワゴン車が突っ込んでいる。粉々に砕《くだ》けた破片に、ひしゃげた車体。悲鳴が飛び交い、現場は騒然となった。

彗がつぐみの手を握ったまま、無言でその様子を見つめている。

「行こう、つぐみ」

引っ張られるまま、集まってくる人々に逆流するようにその場を離れた。

血の気の引く思いで、今見た光景を反芻《はんすう》する。

(あのまま横断歩道を渡ってたら――どうなってた？)

目当ての店に入って、彗にいくつか靴を試着させた。鏡の前で嬉しそうにしている少年に、つぐみは声をかける。

「――彗君」

「何？」

「……ありがとう」

彗はスニーカーを履いてぴょんぴょん飛び跳ねていたが、ぴたりと動きを止めた。

「──助けてくれたんだよね」

「気持ち悪い？」

「え？」

「お母さんは、気持ち悪いって……」

彗は履いていた靴を脱いだ。つぐみはしばらく言葉に詰まった。そんなことはない、と、はっきり言ってやることができなかった。

「それ、似合うね。それにする？」

彗は嬉しそうに頷《うなず》いた。

「──他には、何かわかる？　これからのこと」

手を繋いで歩きながら尋ねると、彗は買ったばかりの靴でスキップしながら言った。

「つぐみと一緒に九十九の家でずっと暮らすの。そこでは、すごく幸せなんだよ」

九十九館でいつものように出迎えてくれた柏木は、つぐみに手を引かれた彗を見て、驚いた表情を浮かべた。

「……この子は？」

「すみません、突然連れてきてしまって。ご相談したいことがあるんです」

彗は嬉しそうに、玄関ホールをパタパタと駆けまわった。階段を下りてきた朝霧を見つけると、ぴょんと飛びつく。

「えっ、何？　――どこの子？」

朝霧はびっくりして目を白黒させている。

「彗君、だめよ。こっちに来なさい」

つぐみに呼ばれると、彗は大人しく戻ってきて、腕に絡まった。そうして柏木をじっと見上げる。

「柏木さん、この子多分――その、皆さんと同じだと思うんです。ええと、つまり――さっき、交通事故を予見して――私のことやこの家のこと、それに誰も知らないはずの『彼』のことまで知っていて――そう、それから動物にも好かれてます。……ああ、すみません、説明がめちゃくちゃで……」

何から話せばいいか、ずっと考えていたはずなのに、上手く言葉にならなかった。そんなつぐみの脈絡のない話から、柏木は言いたいことを汲《く》み取ってくれたらしい。

「――この子が、能力者ではないか、と？」

「そう、そうです」

柏木は腰を落として、彗の目線に合わせた。

「はじめまして。お名前は、なんというんですか？」

「黒木《くろき》彗」

「彗さん。ドーナツ食べますか？」

柏木は彗の手を引いて広間へと連れて行く。そしてキッチンからドーナツを載せたお皿とジュースを持ってきてくれた。ソファで寝ていたミストフェリーズが、惹《ひ》きつけられるように彗に寄っていく。彗は膝《ひざ》の上に黒猫を乗せて頭を撫でた。

「どこであの子を見つけたんです？」

「――実は、警察に追われてるんです」

「警察？」

つぐみは、児童養護施設の火事の話から、彗に出会った経緯を説明した。柏木はふむふむと相槌《あいづち》を打ちながら、落ち着いた様子で聞いてくれた。

「施設にいたのなら、この子の家族は？」

「母親のことは少し話していましたけど、詳しくはわかりません。事情があってあの子を施設に預けているのか、もう亡くなっているのか……。ただ、あの子の力を知って、怖がっていたみたいなんです」

「火事を予知していた――警察は、それであの子が火をつけたと思っている、ということですか」

「ええ、でも、気になるのは――」

ちら、とつぐみは彗の様子に目を向けた。朝霧が隣に座って、一緒にミストフェリーズと遊んでいる。

「自分が火をつけた、と、そう言ってるんです」

「……あの子がですか?」

「ええ……」

柏木はしばらく考え込むと、

「由希子さんにお手伝いしていただいたほうがよさそうですね」

と言った。

第五夜

「彗《すい》君、夕飯の前に、公園に行って遊ばない？」

つぐみがそう言うと、彗は嬉《うれ》しそうに付いてきた。その背後に控える柏木《かしわぎ》と三島《みしま》に目配せする。

この九十九《つくも》館の中にいる限り、彼等の能力は発動しない。柏木は、彗を家の外へと連れ出すことを提案した。

「話を聞く限り、彼の力は恐らく予知能力——ただ、はっきりしたことはわかりません。火事の原因を自分だと言うのであれば、発火能力を持っているのかもしれません。由希子《ゆきこ》さんに、彼の思考を読み取ってもらいます。つぐみさんは、彼の話を聞いてあげるだけで大丈夫です。私も一緒に行きますから、安心してください」

九十九館の前に広がる坂を下りながら、すっかり日が短くなった、と思う。夕暮れに揺らぐ空が、雲に色を添えながら光を山の向こう側へ落としていく。

彗はつぐみと手を繋《つな》ぎながら、その前をとことこと歩いていくミストフェリーズを目で追った。

「彗君は、九十九館……あの家のこと、前から知ってたの？」

「うん」

「そう。どうやって知ったの？」

「時々、見える」

「火事のことも、そうやって見えた？」

「――うん」

彗の表情がすっと消えた気がした。何か思い出しているのかもしれない。振り返ると、あとを付いてきた三島が、どこか苦しそうな顔をしている。

(何か――聞こえてるのかしら)

柏木が、そのまま続けて、というようにつぐみを見た。

「……怖かったわね。火事の夜のことは、覚えてる？」

「あんまり、覚えてない」

「火事になるって言っても、誰も信じなかったのね？」

彗は俯《うつむ》きがちに呟《つぶや》く。

「僕が何か言うと、お母さんは怖がるから。だからあそこでは、できるだけ何も話さないようにしてた——だから皆わからなかったんだ、僕の言ったことが本当に起こるんだって」

「……あの大きな犬は？　いつから一緒にいたの？」

「公園に隠れてたら、あいつが出てきて、どこかからお弁当を持ってきてくれた。……あ、盗んだんじゃないよ。捨ててあるものを拾ってくるんだ。泥棒じゃないよ。あいつもお腹《なか》が空いてたから、一緒に食べたの」

「そう、優しい犬だったのね。——それからずっと一緒だった？」

「うん。一緒につぐみを探してくれた」

空が暗くなっていく。低空に宵《よい》の明星《みようじよう》が輝いていた。

ちら、と三島を見て、つぐみは驚いた。涙がぼろぼろと零《こぼ》れている。

「三島さん——」

柏木がそっと三島の背に手を置いた。

「由希子さん、大丈夫ですか？」

顔を両手で覆《おお》ったまま、三島は息を殺すように泣いている。

「——帰りましょう。由希子さんは、部屋で休んでください」

どこか呆然自失とした様子の三島に驚きながら、つぐみは九十九館へ引き返した。夕食になっても、三島は部屋から出てこなかった。

外出していた宝井《たからい》が帰ってくると、食堂で肉じゃがを頬張《ほおば》る彗を見て、面白そうな表情を浮かべた。

「柏木さんの隠し子？」

「……修理《しゅり》さん、人聞きの悪いことを言わないでください」

「えー、だって柏木さん、若い頃はやんちゃしてたんでしょ？　廉子《れんこ》さんに聞いたよ」

真っ赤になり、ばつの悪そうな柏木を、つぐみは意外な気分でしげしげと見つめた。

「やんちゃしてたんですか？」

「――いえ、その――」

「やんちゃって何？」

彗が言うと、宝井がけらけら笑った。

「あれ――由希子は？」

「部屋で休んでます。――先ほど、少し無理をさせてしまったようで」

それを聞いて、宝井は何かを察したのか、少し神妙な面持ちになった。

柏木が彗をお風呂に入れてくれて、つぐみがいつも使っている客間に寝かしつける。彗は少し興奮しているようで、なかなか寝てくれなかった。

「かんぱねるらは？　どこにいるの？」

「――いつもいるわけじゃないのよ」

「早く会いたいな」

「夜更かしする子には、会ってくれないわよ」

本当は夜更かししないと会えないのだが、と思いながら、つぐみは彗の頭を撫《な》でた。

ようやく眠った彗を部屋に残し、つぐみはキッチンへと下りた。これから、カンパネルラに会いに行く準備をしなくてはならない。

今日のお菓子はチーズケーキだ。ビスケットを砕《くだ》いて作った土台の上に、クリームチーズをたっぷり入れた生地を流して焼き上げる。

生地をオーブンにセットしていると、階段を下りてくる音が聞こえた。

「つぐみさん、すみませんが少しよろしいですか？」

柏木に呼ばれ、つぐみはミトンを外して広間へと向かう。三島が両手を握りしめて座っていた。

「――あの子は、予知能力者、です。それは、間違い、ありません。ここへ、来ることも、私達の、ことも、以前から、予《あらかじ》め、知っていた、ようです」

三島はたどたどしく、そう話した。

「火事の件は──何かわかりましたか？」

「──あの子は、一生懸命、火を消そうと……していました」

そう言ったきり、三島は黙り込んでしまった。つぐみは傍《かたわ》らの宝井にそっと尋《たず》ねる。

「……三島さんは、人の心の声を聞けるんですよね。その様子まで、わかるものなんですか？」

「由希子は声だけじゃなく、相手が頭の中に思い浮かべた情景まで見ることができる。──由希子、他には？」

「……あ、あの子が、火を、つける光景は、み、見えま、せんでした」

つぐみはほっとした。

「よかった……。じゃあ、あの子が火事を起こしたんじゃないんですね？」

三島はつぐみを恐る恐る見上げ、そしてまた俯いた。

「………………わかったのは、それだけ、です」

屋根裏部屋は肌寒かった。ここには暖房器具が無いので、冬場の対策を考えなくては、と思う。

ポットから紅茶を注ぐ。今日の茶葉はキームンだ。独特の甘い香りが広がる。中国の山岳地帯で栽培されており、低温多湿で降雨量が多い気候が産みだす茶葉で、香りの中にその湿度を感じるような気がした。

中国産のお茶なので、それに合わせてカップは白と青で中華風の絵柄が描かれたシノワズリを選んだ。

ノックが聞こえる。ドアを開けると、カンパネルラが、

「こんばんは。いい秋の夜だね」

と微笑《ほほえ》んだ。

つぐみは早速、この一週間の出来事――もちろん、彗のことを――話して聞かせた。チーズケーキをあむあむと咀嚼《そしやく》するカンパネルラは、ふんふん、と耳を傾《かたむ》けている。

「下で寝てる子だね？　ここで暮らすのがいいよ。宗司郎《そうじろう》に任せれば安心だ」

「そうできたらいいけど――さすがに勝手にここに置くわけにはいかないわ。子どもを引き取るには、手続きや審査もあるでしょうし……」

「安心しなよ。そこは九十九館の腕の見せ所」

「え？」

「ノウハウがあるってこと。心配しなくていいよ――でも、つぐみの心配は他のことじゃない？」

指摘されて、カンパネルラも三島のようだ、と思う。まるで心が読まれているようだった。

「……あの子、自分が火事を起こしたっていうのよ――でも、あの子の心を読んだ三島さんは、違うって――ああ、ううん、違うってはっきり言ったわけじゃないけど、そういう光景は見えなかったって。……火事を防げなかったのは自分のせいだって、思っているのかしら」

カンパネルラは琥珀《こはく》色の瞳を煌《きら》めかせた。そうして、ひょいと右手を差し出す。

「つぐみ、お手」

「――え？」

掌《てのひら》を上に向けたカンパネルラの手を、つぐみは眉根を寄せて眺めた。

「由希子が見たもの、見せてあげるよ。ほら、手」

戸惑いながら手を載せる。するとカンパネルラが驚いた声を上げた。

「冷たい！　――ああ、ここは寒いんだね」

そう言って、さっと上着を脱ぎ、つぐみの肩からふわりとかける。裾《すそ》の長い上着はつぐみの体をすっぽりと包んだ。

「いいわよ、これじゃあなたが寒いでしょ」

「僕は平気。ここの気温には影響されないから。女性は体を冷やしたら駄目です」

人差し指を立てて、ぴしりと言い放つ。

普通の男性がやったら気障《きざ》ったらしい言動も、カンパネルラならしっくりきた。つぐみはありがとう、と素直に礼を述べる。

と、カンパネルラがぐい、とつぐみの手を引っ張り、顔が近づいた。温かな手がつぐみの頬に触れ、額《ひたい》と額が触れる。

突然、目の前に暗い廊下が現れた。見たことの無い、無機質な建物の中にいる。濛々《もうもう》とした黒い煙が充満していて、視界が真っ黒になった。

「――っ！」

反射的に口許《もと》を覆う。しかしやがて、これだけの煙に包まれながら、まったく苦しくないことに気がついた。

「大丈夫。本物じゃないよ」

すぐ横に、カンパネルラが立っている。

「これ――」

「由希子が見たイメージを辿ってる。――あれが彗？」

向こうから、パジャマ姿の彗が走って来る。きょろきょろと辺りを見回し、火元へと向かっていく。

「ここが施設の中かな？」

バリケードのように机や椅子《いす》が扉の前に積まれ、通路を塞いで燃え盛っていた。一人の少女が、その向こう側でポリタンクを手にしている。彼女は中身をそこら中に撒《ま》き散らしていた。

「まゆちゃん！」

彗が叫んだ。少女は顔を上げ、しばしじっと動きを止めた。

しかし再び、黙々と――恐らくガソリンを――撒き始める。

廊下に並んだ蛇口から、彗はコップで水を汲《く》んでは炎に投じた。しかしそれは炎に対してあまりに微々たるもので、何の効果もなかった。

開けられないように固められた扉の向こうが、職員の当直用の部屋であることを、彗は知っている。

その瞬間、ぼやけた映像がよぎった。

彗は食堂にいる。夕食を食べながら、少女に声をかけようとしている。「先生の部屋に行ってはだめだよ」と言いたいのに、言葉が出てこなかった。言えば、少女は自分を奇妙な目で見るだろう。母親がそうだった。自分が何か言うと機嫌が悪くなり、怯《おび》えた表情を見せるようになったから、彗は言葉を発することをいつの間にかやめたのだ。

場面が変わる。あの少女の上に、のしかかるような影がある。大人の男だ。彗はそれが、ここの職員だと知っている。少女は服を着ていない。

行ってはだめだ、と言いたいのに、彗は言えないでいる。もうそんな日が、一年も続いている。

扉の向こうで、ドンドン、と激しい音がした。

誰かが、助けてくれと叫んでいる。彗はそれに気づいたが、扉を凝視したまま、後退《あとずさ》りした。

彗は駆けだした。

両手で耳を塞いだ。怖くて、体が震える。

廊下に並ぶドアをひとつずつ開けては、「火事だ」と叫ぶ。異変に気づいた子ども達の悲鳴が入り乱れる中、彗は靴も履《は》かずに外へ飛び出した。

そこでまた、映像がよぎった。つぐみの姿だった。九十九館の庭で、彗の手を引いている——。

黒い煙の立ち上る施設を、仰ぎ見る。

彗は閉ざされた門をよじ登ろうとしたが、上手《うま》くいかなかった。花壇の傍《そば》に身を潜《ひそ》めて、チャンスを待った。やがて消防車が到着し、門が開くと、消防士達の足元をすり抜けるように飛び出した。

夜の街へ、小さな姿が消えていく。

そこで、幻は途切れた。

つぐみは、自分が屋根裏部屋の椅子に座っていることに気がついた。カンパネルラの顔がひどく間近にあったので、慌てて身を引く。

今見たものを整理しようと、つぐみはしばらく口を閉ざした。激しい動悸《どうき》がした。

「……今のは、本当の出来事?」

「彗の目を通しているから、いくらかフィルターはかかっているけどね」

喉《のど》がからからになっていることに気づく。落ち着こうと、紅茶を一口飲んだ。こくのあるまろやかな甘みが、じわりと体に沁《し》みわたる。

カンパネルラが、ふふ、と笑った。

「――小さいのに、男前だね、彗は。あの子を守ってるつもりなんだ」

「だから、三島さんは、あれ以上何も言わなかったのね。言えばあの女の子のことまで、知られてしまうから……」

カンパネルラはゆっくりと立ち上がる。

「そろそろ彗のところに戻ってあげて。……寂しがってる」

そう言って、ひらひらと手を振って部屋を出て行く。パタン、と扉が閉まると、つぐみは緩慢《かんまん》にテーブルの上を片付けた。

いつの間にか、肩にかけられた上着が消えていることに気づいた。


朝、食卓に三島の姿はなかった。図書館勤めの三島は今日は出勤日で、すでに出かけたという。

「もう、警察は動かないよ」

朝食後のお茶を飲んでいると、携帯を片手に宝井が広間に入ってきた。

「あの火事は、死んだ職員の放火ってことで決着した。彗はもう誰にも追われない」

「――本当ですか？」

「うん。安心してよ」

「……どうやったんですか？」

猫のように目を細めて、宝井はにんまりとした。

「ちょっと、コネをね」

（あ、さすが浅見光彦《あさみみつひこ》――）

父と兄が警察で力を持つ立場にある、という宝井は、電話一本で事件を裏で収束させてしまったらしい。

「つぐみさん、例の彼は、昨夜何か言っていましたか？」

柏木に尋ねられ、つぐみは言葉を濁《にご》す。

「ええ、その――ここで引き取るべきだ、と」

「よかった。彼の許可が下りたなら問題ありません」

「――許可が必要なんですか？」

「この家に足を踏み入れることができるのは、彼が許した者だけですから。――ちょっと電話してきますね」

柏木はテラスに出ると、誰かと話し始めた。五分ほどで戻ってくると、つぐみに言った。

「彗さんのお母さんは、二年前から行方がわからないようです」

「失踪《しっそう》した、ってことですか――？　父親は？」

「もともと父親は誰なのか、わからないそうです。シングルマザーだった母親が、生活苦から施設に預けて、それ以来音信不通になっています。——今後は彼を、九十九館で養育できるよう、手配しておきました」

「え……どうやったんですか？」

先ほどと同じ問いかけをしてしまう。

柏木はにこにこと笑うだけだった。

「しばらくはここでの生活に慣れてもらって、落ち着いたら学校へも行けるようにしたいと思います。今、小学一年生だそうですから」

そうして彗のところへ歩み寄り、何事かを囁《ささや》いた。すると彗はぱっと表情を輝かせて、つぐみのところへ飛んでくる。

「ここで暮らしていいんだって！」

「……うん、よかったわね」

（電話一本で、何をどうしたの——？）

つぐみは柏木の顔を眺めた。

彗の情報も、そして彼を問題なくここで養育するための手続きも、あっさりと済ませてしまった。カンパネルラの言うノウハウによるものなのだろうが、そこには彼等の能力とはまた違う、別の力が働いているように思われた。

（おばあちゃんは、こういうことも全部知ってたのかしら――）

夕方になり、つぐみが家に帰らなければならないと言うと、彗は泣いて駄々をこねた。

「やだ！」

「ごめんね、また来週来るから」

「やだ、やだー！」

泣いて抱き付いてくる彗を振り払うわけにもいかず、つぐみは途方にくれた。

「――彗、一緒にゲームやろう」

朝霧《あさぎり》と宝井が、彗をべりっとつぐみから引き剝《は》がす。泣いて手足をばたばたさせる彗を担ぎ上げて、二階へと運んでいく。二人は、今のうちに行け、と目で合図を寄越した。つぐみは両手を合わせて、謝意を示す。

「私がきちんと面倒をみますから、安心してください」

「――はい。よろしくお願いします」

エプロン姿の柏木が、玄関でつぐみを見送ってくれた。

薄暗くなった道を、一人駅へ向かう。最近、この帰り道が少し寂しかった。あれだけ引き留めてくれる誰かがいると、なんだか余計に寂しい。

そんなことを考えていると、橋の向こうから三島が歩いてくる姿が見えた。

「三島さん！」

声をかけると、三島はびくりと跳ねるように体を硬くし、足を止める。

「よかった、今日はもう会えないかと——お仕事、終わったんですか？」

「…………………は、い」

つぐみが近づくと、三島はその分一歩下がった。

その距離感に、つぐみはおや、と思う。

「あの、彗君のこと、ありがとうございました」

「………………」

三島は、肩からかけたトートバッグをぎゅっと両手で握りしめている。手の甲に血管が浮き出ているのが見えて、相当な力を込めているのがわかる。震えている気がして、つぐみは心配になった。

「……三島さん、どうかしましたか？　具合でも——」

つぐみが歩み寄ろうとすると、三島は悲鳴のような声を上げた。

「————近寄らないでっ！」

向こうの山まで、声が反響した気がした。

つぐみはあまりのことに、その場に固まってしまう。

三島が自分の脇を通り過ぎ、駆け足で坂を登っていくのにも、しばらく気づかなかった。ようやく我に返って、振り返る。もう、その姿は豆粒のようだ。逃げるように遠ざかっていく。

呆然としたまま、とぼとぼと駅に向かい、電車に乗った。

ガタゴトと揺れる車内に人気《ひとけ》は少なかった。がらんとした座席に一人座りながら、しばらく頭が真っ白だった。段々と空が暗く染まっていき、窓に自分の顔がくっきりと映し出されるようになると、そこにはひどくショックを受けた、という表情があった。

あんな言葉を浴びせられたのは、小学生以来だろうか――とつぐみは思い返す。何がきっかけだったかは忘れたが、クラスで仲のよかった女の子グループから突然仲間外れにされたことがあった。その時、友達だと思っていたはずの女の子が、つぐみに言ったのだ。

「近寄らないでよ、あんたとはもう遊ばない」――と。

鼻の奥がつんとしてきた。

自分は何か、三島に嫌われるようなことをしてしまったのだろうか。思い返してみたが、わからなかった。小川《おがわ》が突然態度を変えた時のことを思い出し、さらに気が沈んだ。

自分はいつも気づかないところで、誰かを不快にさせているのかもしれない。

陰口を言われるのも辛いが、面と向かって拒絶されるのもしんどかった。

仕事が忙しいのはありがたいことだ、と思う一週間だった。ひたすらそれに打ち込んでいれば、プライベートの嫌なことも忘れていられる。

時折、柏木から携帯にメッセージが届いた。彗がつぐみに会いたがっているとか、今日は公園に遊びに行ったとか。たまに写真や動画も送られてきて、妻子を置いて単身赴任中の父親の気分になる。

週末になって、彗に会いに行けるのは楽しみだったし、カンパネルラと話をするのも待ち遠しかった。しかし同時に、一体三島にどんな顔で会えばいいのだろう、と気が重くなる。

ようやく土曜日になって、つぐみは複雑な心境のまま九十九館へ向かった。すると、電車を降りた途端、改札の向こうに見慣れた丸眼鏡の柏木と、その手にぶら下がった彗の姿を見つけた。

「つぐみ！　つぐみー！」

ぴょんぴょんと跳ねて、手を振っている。

「どうしたんですか？　こんなところで――」

「彗さんが、どうしてもつぐみさんを迎えに行くと言って。——早く会いたかったんですね」

苦笑するように柏木が言った。

「今日のご飯はハンバーグだよ、つぐみ」

彗は右手は柏木と繋いだまま、左手をつぐみに絡めた。

「いいね、美味《おい》しそう」

「つぐみさん、荷物持ちますよ」

柏木がつぐみのバッグを引き受けてくれる。大した量の荷物ではなかったが、礼を言って、お言葉に甘えさせてもらった。

「ありがとうございます。——様子はどうですか？」

「いい子にしてくれていますよ。最初はつぐみさんを恋しがって、なかなか大変でしたけど。二階の空いている部屋を、彗さん用に整理しました。でも今夜は、つぐみさんと一緒に寝ると言ってます」

彗は二人の間に挟まって、うきうきした様子で歩いていた。

「庭にねー、狸《たぬき》が来るんだよ。僕が名前つけていいって」

「よかったわね。なんて名前にするの？」

「うーんとね、ぽん太《た》かー、ヤスオかー、うーんと」

そのネーミングセンスに、つぐみは笑い声を上げた。

向かいからやってきた中年女性が、つぐみ達を見て「あら」と声を上げた。

「柏木さん、こんにちは柳井《やない》さん」

「ああ、こんにちは」

つぐみは、誰だっただろう、と思いながら「こんにちは」と挨拶《あいさつ》した。その様子に気づいた柏木が、そっと教えてくれる。

「三軒隣の柳井さんです。この間、大根いただきました」

「ああ、あの大根！　──あの、いただいたお野菜、すごく美味しかったです。ありがとうございます」

頭を下げると、柳井はしげしげとつぐみを眺めた。

「あらいやだ、柏木さん、いつの間にお嫁さんもらったの？　お子さんまで──」

つぐみと柏木は一瞬ぽかんとした。はっと我に返った柏木が、顔を真っ赤にしてぶんぶんと首を振る。

「いえ──こちらは、つぐみさんです、あの、廉子さんのお孫さんの！」

「ああ、廉子さんの！　そういえばお葬式でご挨拶させていただいてましたわ。ごめんなさいね、あの時と随分《ずいぶん》印象が違ったものだから」

「いえ、こちらこそ、その節はありがとうございました」

「まぁ、それじゃ、九十九館に越していらっしゃったの？　全然知らなかったわ」

「いえ、週末だけ来るようにしていて」

「そうなの……」

柏木とつぐみの顔を眺め、柳井は意味ありげにうふふ、と笑った。

「もう、柏木さんたら、ずっとお独りだし、廉子さんも亡くなられたから、町内会の皆も心配していたんですよ。まぁ、そうですか。――それで、その子は？」

「親戚の子なんですが、うちで預かることになりまして――」

「あら、そうなの。子どもが増えるといいわねぇ、このあたりも最近じゃ若い人が増えてきて何よりだわ」

柳井は「それじゃ、私買い物があるので」と、どこかうきうきした調子で去っていった。

「……柏木さん、町内会で心配されてるんですね」

つぐみがからかうように言うと、柏木が赤い顔で慌てたように俯いた。

「ええ、その、まぁ皆顔見知りですし――す、すみませんでした」

「どうして謝るんですか？」

「私と、そのー、夫婦に見えるとか、そういうのは、ご迷惑でしょうし……」

二人で彗を挟むように手を引いて歩く姿は、確かに若い夫婦のようだった。

「柳井さんは悪い方ではないんですが、その、噂話《うわさ》がお好きで――」

「ああ、なるほど。恰好《かっこう》の噂のネタを提供してしまったわけですね」

田舎《いなか》あるあるだな、とつぐみは心の中で感心した。きっと彼女は今から、奥様友達にでも今仕入れた話を吹聴しに行くのだろう。

「すみません――」

「いえ、光栄です」

つぐみはなんでもないように、笑って言った。そこまで気にするほどのことでもない。しかし柏木は恐縮した様子で、眼鏡を何度もかけ直そうとするが、左手は彗の手を握っているし、右手にはつぐみの荷物を抱えているので、上手くいかなかった。

その様子に、つぐみは顔を反対側に向けてくすくすと笑った。

「つぐみは僕と結婚するんだからね！」

彗がそう言ってつぐみを見上げた。つぐみはぴたりと笑うのをやめる。

この少年の場合、小さな子がお母さんに「大きくなったらお母さんと結婚する！」と言うのとは少しわけが違った。その能力で、『見た』未来なのかもしれないのだ。

柏木とつぐみは目を合わせ、互いになんともいえない表情になる。

(いやいや、さすがに——この子が十八歳になったとして、その頃私はいくつ?)

苦笑しながらつぐみは「そうなの?」と言った。

「嬉しいなぁ。あと何年待てばいい?」

「すぐだよ!」

「そう? じゃあ、大きなダイヤの指輪を買ってもらおうかなー」

「いいよ」

彗が任せろ、と言わんばかりに胸を張ったので、その様子につぐみも柏木も笑った。

九十九館に着くと、柏木は夕食の支度にとりかかった。つぐみが客間に荷物を広げていると、誰かが部屋をノックする音がする。

「——はい?」

ドアを開けると、宝井が神妙な顔で立っていた。

「なんでしょう?」

すると宝井は、左脇をちらりと見て、困ったように、怒ったように手を伸ばした。

「こら、由希子。——逃げるな」

逃げるように背を向けていた三島が、襟《えり》首を摑《つか》まれて、ぐぅっ、と変な声を上げた。

「まったく――散々つぐみちゃんが来るの待ってたくせに。ごめんねつぐみちゃん、今いい？」

「はぁ……」

部屋に入ってきた三島は、小動物のようにぷるぷると震えて、じっと床を見つめていた。顔が真っ青だ。

唐突に、がばり、と床に這《は》いつくばった。

「――も、も、も………申し訳、ございませんでしたっ……」

驚いて、つぐみは目で宝井に救いを求めた。

「この間、由希子が失礼な態度を取ったそうで――本当に、ごめんね」

それがあの帰り道の出来事を指すのだと気づいて、つぐみは慌てた。

「そ、そんな、三島さん、立ってください！」

身を縮めるように、三島は土下座の状態から動かなかった。宝井が呆《あき》れたように頭を掻《か》いて、よいしょ、と上半身だけは起こしてやる。

三島の顔は涙でぐしゃぐしゃになっていた。歯を食いしばって、なんとかこれ以上泣くのを我慢しようとしている様子は子どものようだ。

「三島さん、あの、気にしてませんから――」

「由希子にそんな嘘《うそ》ついたって意味ないよ、つぐみちゃん」

嘘、と言われて、つぐみはぎくりとした。宝井が肩を竦《すく》める。

「由希子の力がなんだか忘れた？　全部聞こえてたんだよ。だから、つぐみちゃんがどう思ったかどう感じたか、全部わかってる。だから——謝りたいって、ずっと言ってたんだ。この一週間」

鼻をぐずぐずとすすりながら、三島は唇を震わせた。

「わ、私——あの、——」

言葉が出てこないようで、口をぱくぱくさせる。

しばらく経《た》っても、三島は何と言っていいかわからないのか、もごもごと呻《うめ》き声のようなものを上げるだけだった。やがて、見かねた宝井がため息交じりに言った。

「……こっちがテレパシーほしくなるよ。……由希子が言いたいのは、つまり——外でつぐみちゃんと偶然鉢《はち》合わせして、びっくりした、と」

「は、はぁ……」

「九十九館以外で、なんの前触れもなく会うのが初めてだったから、どうしていいかわからなかったんだよ。ここの外じゃ、俺達はただの人間じゃないからさ。自分で力を制御して抑えないといけない。……由希子は、例えて言うなら修業中というか、まだ未熟なんだ。

完璧には能力を制御できてない。聞こうとしてなくても、見ようとしてなくても、聞こえたり見えたりすることが、まだまだある。――それで、ばったりつぐみちゃんに出くわして、パニくった、と」

「それは――私が考えていることを読み取って、びっくりしたってことですか？」

「違う。つぐみちゃんが――自分に心を見られてると思ったら、不愉快になるかもしれないから」

「……ご、ごめん、なさい」

三島が、たどたどしく言った。

「ち、近くに、来ると、む、無意識に、こ、心の声、を、き、聞いてしまうかも、しれなくて。でで、でも、最近は、ちゃんと、聞こえないように、見ないように、できるようになってきていて、でも、でも」

両手で顔を覆う。

「私が、心を覗《のぞ》いて、いるって、い、嫌な、気分に、させて、しまうかも、しれないと、思って」

ぐす、と鼻をすする。

「き、嫌われたく、な、なくて」

あとは嗚咽《おえつ》ばかりだった。宝井が苦笑した。

「――これ、随分頑張って喋《しゃべ》ったほうだよ。褒めてやりたいくらい」

「三島さん……」

「だからね、決してつぐみちゃんが嫌いとか、何かしたとか、そういうことで近づくなって言ったわけじゃないから。それだけははっきり言っておく。――そうだろ？」

こくこくこく、と三島は縋《すが》るように何度も頷《うなず》いた。

階下から、柏木の「ご飯ですよー」という声が響いてくる。

「……お前は、顔洗ってきな」

宝井に言われて、三島はおずおずとつぐみの顔を覗き見るように顔を上げた。最後にもう一度頭を下げると、ぎくしゃくと後ろ向きに部屋をあとにした。

嵐が去ったあとのような気分で、つぐみは口を開く。

「……びっくりした」

「ごめんね、本当に」

「――三島さんて、宝井さんとは普通に話すんですか？」

「さっきよりはましに話すよ」

「へぇ……仲がいいんですね」

「俺達は能力が似た系統だから――誰かの想いとか、記憶とか、そういうのに触れるという意味ではね」

「サイコメトリーって、物の記憶を読むんですよね？」

「そう。それはただの風景だったり、人の気持ちだったりする。本来、踏み込まない領域まで相手に踏み込むってことだから、気を遣うよ。見たくないものが見えることもあるし。――テレパスなんてもっとそうだ。由希子があああいう性格なのも、そのせいだからね」

「相手のことが――本心がすべてわかってしまう、ってことですよね」

「心の中で誰かを、いなくなればいいとか、むかつくとか、死んじゃえって思うことくらい、誰にだってあるでしょ。口では愛想よくしている人間が、本音では自分のことをボロクソに言っていたら――それが家族とか、友達とか、恋人だったら――自分が嘘をつかれているって知ったら――どう？　自分に対してじゃなくても、そのへんを歩いているやつら皆、心の中で本当はどう思っているか全部聞こえてきたら――誰かと仲良くしたいって、思わなくなるでしょ」

「そう、ですね……」

　少し想像しただけで、無理だ、と思う。時折滲《にじ》み出る本音や、もしくは言動で感じ取った意図、そういったものだけでもショックは大きいのだ。もしも、小川や圭介《けいすけ》の本音が聞こえていたら、あれほど長い間、同じ時間を過ごせていたかどうか怪しい。

「それなのに三島さんは——優しい人ですね」

彼女は、彗の言ったことが嘘だと知っても、彗の意思を尊重して真実は口にはしなかったのだ。

（人の心が全部わかる——それって、どんな人生だったんだろう……）

夕食を済ませて彗を寝かしつけてから、つぐみはいつものようにお菓子作りを始めた。以前カンパネルラが食べたいと言っていたパンプキンパイを作るつもりで、パイ生地の準備に取り掛かる。子どもの頃に学校で習った歌を、自然と口ずさんだ。お菓子好きの魔法使いがパンプキンパイを作ろうとして、カボチャに魔法をかけるという歌だ。

歌いながら、冷蔵庫に生地を寝かす。ふと、段ボールいっぱいに入ったりんごが、キッチンの片隅《かたすみ》に置かれているのに気がついた。

「柏木さん、このりんごどうしたんですか？」

「いただいたんですよ。昔ここに住んでいた方が、今青森にいるんです。この時期になると必ず送ってくれるんですよ」

真っ赤なりんごをひとつ手に取る。艶《つや》やかで大きく、見た目にも美味しそうだ。

「ひとつ、いただいてもいいですか？」

「もちろん」

つぐみはりんごの皮を剝《む》いて、それを鍋にかけた。

立ち上る甘酸っぱい香りにうっとりしながら、フィリングを作る。砂糖と、シナモン、レモン汁と一緒に煮詰めれば完成だ。そうして、余ったパイ生地を使って、小さなアップルパイを二つ焼いた。

愛らしいピンクの花柄が一面に描かれたお皿とカップを用意して、お盆に載せる。

それを手につぐみが向かった先は、屋根裏ではなかった。二階にある三島の部屋の前にやってくると、意を決してノックした。

しばらく、しん、と何の物音もしなかったので、いないのか、もう寝てしまったのだろうか、と危ぶむ。しかし、やがてほんの僅《わず》かに扉が開いて、三島が目だけをそこから覗かせた。

「三島さん、夜遅くにごめんなさい。少しいいですか？」

「――――」

無言のまま、三島は目を白黒させる。

「あの、三島さんは、甘い物好きですか？」

「…………は、い」

こくりと頷いた。つぐみは持っているお盆を上げて見せる。

「よかった。アップルパイ焼いたんです。一緒に食べません？」

「――あ、あの、それは、彼、のため、では」

「彼には別のお菓子を用意してあります。お茶も淹《い》れて来たんです。……中、入ってもいいですか？」

三島は混乱した様子だったが、やがてゆっくりと扉を開けた。

飾り気がまったくない、がらんとした部屋だった。

恐らく備え付けてあっただろうベッドと机があるが、寝具はすべて病室のように無地で真っ白、机の上には何も無い。小ぶりのプラスチックの衣装ケースが二つ、隅に置かれている。壁に何かを貼るとか、小物を飾るとか、そういったものは一切見当たらない。

「あ、あ、あ、あのう――どうぞ」

三島がずりずり、と椅子を差し出す。この部屋には椅子はひとつしかないようだ。

「ありがとうございます。――でもこれだと一緒に食べにくいから、こうしません？」

つぐみは絨毯《じゅうたん》の敷《し》かれた床に座ると、椅子の上にお盆を載せた。ポットから紅茶を注いで、三島に差し出す。

「どうぞ」

ことはないだろう。
茶葉はキャンディを選んだ。渋みが少なく香りも控えめで飲みやすい。好みが分かれることもないだろう。

三島はしばらく突っ立っていたが、やがてぺたりと絨毯の上に正座した。首だけひっこめたような恰好で、どこか恭《うやうや》しく、つぐみから両手でカップを受け取る。

「このカップ可愛《かわい》いですよね。おばあちゃんのコレクションで一番乙女なデザインを持ってきたんです。女子会っぽくていいかなって。やっぱり男性とこれで飲むのは、二の足踏んじゃいますから」

どうしたらよいかわからない、といったように、三島は静かに紅茶を飲んでいる。アップルパイの皿を差し出すと、フォークで几帳面に一口分に切って、そっと口に運んだ。

「――おいしい」

顔の筋肉が一気に緩んだ、といったふうだった。ふんわりと浮かんだ笑顔はとても可愛らしく、赤みが差した頰は彼女を幼く見せた。

「よかった！」

困ったような顔や苦しそうな顔ばかり見ていたので、笑顔が見れてほっとする。

「三島さんは、すごいですね」

「え？―

三島はきょとん、とした。

「きちんと人と向き合えるんですね。今日、なんていうかすごく――嬉しかった、というか」

つぐみもアップルパイを口に含む。甘酸っぱい。

「私は、思っていることをはっきり、相手に伝えたりしてないなぁ、と――。面倒だとか、言ったら相手が不機嫌になるかなとか、そこまで踏み込むような仲じゃないから遠慮したりとか……。我慢したり、空気読んで合わせるのも必要だよなー、とか……。でも、今日三島さんが、きちんと思っていることを言ってくれたじゃないですか」

ちょっと気恥ずかしくなってきて、つぐみは照れ笑いした。

「きちんと伝えるってことは、きちんとその人と関わろうって、思っているってことなんだなって……」

こうして言葉にしてみて、自分でもようやく、自分が何をどう感じたのか、理解した気がした。

「そう思ったら、嬉しくなりました。三島さんは私と、適当な上辺の付き合いじゃなくて、ちゃんと話したり、思ってることを伝えようとしてくれてるんだって――あ、これは私が勝手にそう思っただけなので、あの、三島さんが実際どう思っているかは、その、わからないわけですが――」

ちら、と三島の表情を窺《うかが》う。驚いた顔で、カップもフォークも置いて、膝《ひざ》に手を載せて聞いている。

「あ、そんな、神妙に聞いてもらうことじゃないので――ただ、私が、三島さんともっとお話ししたいなと思ったんです。――美味しいお菓子と、お茶と一緒に」

三島の顔が、みるみる紅潮《こうちょう》していくのがわかった。耳の先まで赤くなった三島は、へどもどして言った。

「わ、わ、私、なんかで、あの、よければ、いつでも」

「本当ですか？　じゃあこれからはたまに、九十九館女子会やりましょう！」

「い、いいんですか？　は、初めてです、私。これが、女子会――」

三島はどこか、ぼう、とした表情を浮かべた。

「三島さん――あの、由希子さんて呼んでもいいですか？」

「は、は、はい」

何度も頷く。呼び方を変えると、少し壁が取り払われた気がして、つぐみは嬉しくなった。

「由希子さん、図書館に勧めてるんですよね。本、好きなんですか？」

「え、ええ、まぁ、はい。――そ、それに、図書館にいると、みんな頭の中が本の内容なので、その、何か聞こえても、色んな物語だったりして、苦じゃないというか――」

「へぇ、面白そう！　……あ、ごめんなさい。面白いとか言って」

「い、いえ、それがきっかけで、読んでみようって思う本ができたりして……面白いですよ」

彼女の能力にも、いい面はあるらしい。それを知って、つぐみもほっとする。

「――由希子さんは、どんな本が好きですか？」

「ＳＦ、です」

「へぇ、私ＳＦはあんまり読んだことがないんです。お薦《すす》めの本があったら教えてください」

「ええと、じゃあ――」

由希子は本の話になると、淀《よど》みなくすらすらと話し始めた。

（この家にいる時は、安心できるんだな――）

その表情を眺めながら、柏木が必死で訴え守ろうとしたものが何だったのかが、ようやくわかった気がした。

話し込んでいるうちにポットがいつの間にか空っぽになって、つぐみはお代わりを作りにキッチンへと向かった。熱湯に舞い上がる茶葉を眺めながら、再び歌を口ずさむ。
カンパネルラには、もう少し待っていてもらわなくてはならなそうだった。

TSUKUMOKAN

第六夜

急いでデスクを片付けていると、氏家《うじいえ》が声をかけてきた。

「もう帰るの?」

時計はきっかり十八時を指している。終業時間になると同時に、つぐみは席を立った。

「はい。お疲れさまでした」

「今日、皆で飲みに行くんだけど、一緒にどう?」

「すみません、用事があって」

週末になると九十九《つくも》館を訪れるのはもはや決定事項だったが、最近は彗《すい》がせがむので金曜の夜から日曜の夜まで、ほとんど入り浸《びた》っている。今日はこのあと、そのまま九十九館へ向かう予定だった。

「デート? 金曜の夜だもんねぇ」

「——ええ、まぁそんなようなものです」

「そっか──悪いけど、帰る前に五分だけもらえない？」

「はぁ……」

氏家に促《うなが》され、会議室に入る。

「単刀直入に訊《き》くけど、直近で、結婚の予定はある？」

「は？　──いえ、ありません」

これはまた一体どういうセクハラか、と思う。

「よかった。……いや、よかったっていうのもちょっとあれだけどね。女の子は結婚して会社辞めちゃうかもしれないから、確認しておきたくて。──実は、この間から進めてた採用なんだけど、候補だった人に断られて」

「え……」

「残念なんだけどね。それで、すぐに他の人も見つからないし──長門《ながと》さん、管理職になる気ある？」

「私ですか？」

突然の話に、つぐみは驚いた。

「小川《おがわ》の後任として。長門さんのここ最近の仕事ぶり見ると、任せられると思うんだよね。二人もいきなりいなくなって大変だったのに、しっかりフォローしてくれたし、最近は特に周りの評価もいいしね」

「――そう、なんですか?」

氏家が笑う。

「そうなんですよ。どうだろう? まぁ、考えてみて」

思いがけない話に、つぐみはどこかぼんやりしたまま、会社を出た。

色づいた銀杏《いちょう》の木を眺めながら、寄ろうと思っていた近くの小さなティールームを目指す。ドラマの撮影にも使われている紅茶専門店だ。足を踏み入れた途端に茶葉と、それにフルーツやスパイスの混ざり合った香りが、ふわんと鼻孔《びこう》をくすぐった。ずらりと並んだフレーバーティーに目移りする。僅《わず》かばかりのイートインスペースでは、女性達がケーキと紅茶で長話を楽しんでいた。

品定めしながら、先ほどの話を何度か頭の中で反芻《はんすう》した。特に出世に興味はなかったが、認められれば素直に嬉《うれ》しかった。

(あ、そういえばさっき、長門さん、って呼ばれた……)

これが氏家なりの、人とのきちんとした関わり方なのだと思えば、悪くなかった。自然と、口許《もと》が緩む。しかし、小川に対する彼の態度を思い出すと、不安でもあった。

(でもやっぱり、あれはパワハラよね――これからはあれが私に向けられるの?)

そう考えると、さすがに躊躇《ちゆうちよ》する。

どうしたら彼と上手《うま》くやっていけるのか――それを考える必要がありそうだった。そもそも氏家は、小川以外にはあんな態度ではなかったし、周囲からの評価も低くはないのだった。つぐみにはわからなかった部分で、小川の仕事に実際問題があったのかもしれない。

つぐみの同期にあたる営業部の男性マネージャーは、氏家と仲がよいことを思い出す。今度彼に、氏家とどうすれば上手く付き合えるのか尋《たず》ねてみよう、と思う。昇進の話を受けるかどうかは、それから考えよう。

クリスマスが近くなり、ブレンドティーの中にはクリスマス向けの配合も並んでいた。いくつかを手に取り、茶葉の香りを嗅《か》いでみた。

(寒くなってきたし、体が温まるようなものがいいかな。由希子《ゆきこ》さん冷え性みたいだし、この生姜《しようが》が入ったの買っていこうか……)

三つほど気になる茶葉を選んで、店を出た。

夕飯は九十九館で食べると柏木《かしわぎ》には伝えてある。今夜はグラタンです、というメッセージが来ていて、想像しただけでほくほくした気分になった。

電車を何度も乗り継いで、片道二時間。駅に着く頃にはお腹《なか》が空いて堪らなかった。同じように会社帰りらしい何人かの乗客が降りて、まばらに散っていく。

九十九館へと向かう道に人影はなく、かさこそと音を立てる落ち葉を踏みながら、つぐみは真っ暗な道を歩いていった。

外灯は申し訳程度にしか設置されておらず、しかもひどく薄暗い。ここ一カ月ほどはこうして夜に歩くことが多いが、ずっとちかちか点滅している外灯がいつまで経《た》っても直らないのは誰も気づいていないからだろうか。周辺住民達は、夜になれば出歩くのを見たことがないし、気づいたつぐみがどこかへ連絡すべきなのかもしれなかった。あとで柏木に尋ねてみよう。

冷たい風が吹きつけて、ショールを首にぐるぐると巻き付けた。

落ち葉を踏む足音が聞こえた気がして、つぐみは振り返った。誰もいなかったので、ミストフェリーズか他の猫が、どこかに隠れているのかもしれない、と再び歩き始める。

しかしまた、どこからか足音がする。

段々と、近づいてくるように思えた。こちらに歩いているということは近所の誰かだろうか、と振り向くと、今度は人影が見えた。

スーツを着た男性だ。暗かったので、顔はよく見えなかった。

ただ、そのシルエットに見覚えがあった。

息を呑《の》んで、前を向く。

そうして、足早に歩いた。

途端に、ざっざっ、と背後の足音が速まる。

胸の中に氷の柱が降りたような気分になって、つぐみは震え、さらに速く歩いた。

振り返るのが怖い。

そこにあるのが、自分の考えている顔だったらと思うと、見ることができない。まさかと思う。

（こんなところに、圭介《けいすけ》がいるはずない――）

きっと勘違いだ、とつぐみは自分に言い聞かせた。

恐らくあれは、このあたりの住人だ。こんなに足早に歩くのは、きっと彼もお腹が空いていて、待っている家族がいるからだ。だから、急いでいるだけで、決して自分を追いかけているわけではない――。

橋が見えてきた。

九十九館まではもうすぐだった。その先の坂を登れば、温かいグラタンが待っている。柏木が笑って玄関を開けてくれるだろうし、彗が待ちわびたように抱き付いてくる。由希子に借りた本を返して、感想を言わなくては。そしてカンパネルラのために、お茶の準備――。

気配がすぐ背後まで迫ってくるのを感じる。

つぐみは駆けだした。

迫ってくる誰かの息遣いが、耳に届いてくる。高いヒールの靴なんて履《は》くんじゃなかった、と思う。速く走ることができず、足音との距離はどんどん縮まっていく。

唐突に後ろから突き飛ばされ、つぐみは倒れ込んだ。バッグの中身が散乱する。さっき買ったばかりの紅茶の包みが、地面に放り出されるのが見えた。

震える手で体を起こす。見上げた先にあったのは、圭介の顔だった。

息が思うようにできない気がした。

じりじりと迫ってくる圭介の手に、鋏《はさみ》が握られているのが目に入った。どうして鋏なんて持っているんだろう、と奇妙に思う。

どうしてナイフじゃなくて、鋏なんだろうか。

振りかざされた瞬間、その鋏がひどく鋭利で研《と》ぎ澄《す》まされた刃を持っていることに気づいた。どこにでもあるような鋏なのに、どうやってあんなに研いだのだろう。その過程を知りたくなかった。

体を転がしてその一閃《いっせん》を逃れた。立ち上がるのと走りだすのは同時だった。無我夢中で逃げ、川沿いに横たわる公園の遊歩道を走る。

いきなり、後ろから髪をわし摑《づか》みにされ、仰《の》け反《ぞ》る。ひっ、と息を吸い込むような、悲鳴ともつかない声が漏《も》れた。

ジャキジャキジャキ、という音が耳元でして、はらはらと何かが降ってきた。顔にかかるそれが地面に落ちて、薄暗い外灯の下で、自分の髪の毛だと気づいた。

圭介は手に絡まったつぐみの長い髪を、無造作に払った。風に乗って、切り離された髪は綿帽子のように飛んでいく。

がたがたと震える身体《からだ》は言うことをきかなかった。ただ、もう逃げられない、ということはわかっていた。

何も言わない圭介の目だけが、ぎらぎらとして見える。その手がつぐみの喉元《のど》をとらえ、鋏の切っ先を振り下ろした。

「――――何やってんだよ！」

がばり、と圭介に飛びついた人物を見て、つぐみは驚いた。

朝霧《あさぎり》だ。鋏を持つ手はつぐみを逸《そ》れて、ぶんぶんと振り回された。

唸《うな》り声を上げる圭介に、制服姿の朝霧が必死にしがみつき、腕を絡めとろうとしていた。

鋏の刃が、朝霧の頰《ほお》にさっと一本の赤い線を走らせる。

つぐみは悲鳴を上げた。

しかし次の瞬間、朝霧は圭介の腕を掴むと、さっと身を丸めた。そう見えた。見事な一本背負いだった。圭介の体は音を立てて大地に叩きつけられる。鋏が飛んで、カシャンと甲高い音を公園に響かせた。肩で息をしている朝霧は、蒼白《そうはく》な顔に血を滴《したた》らせている。

「つぐみさん――大丈夫？」

腰が抜けてしまったのか、つぐみは震えたまま立ち上がれなかった。こくこくと頷《うなず》く。圭介は大の字になって倒れたまま、低く呻《うめ》いていた。

「――立てる？」

差し出された手を掴んで、ようやく立ち上がった。

「あ、朝霧君、血が――は、早く、病院」

「ちょっと切れただけだよ――怪我《けが》は？」

「だ、大丈夫。――な、なんで、朝霧君がここに？」

「部活遅くなって。そしたら、道に鞄《かばん》が落ちてたから――」

朝霧は言葉を続けることができなかった。後ろからぬっと現れた手が、彼の細い首を掴んだのだ。

「――――！」

手足をばたつかせ、身をよじる。圭介は獣《けもの》のように息を切れ切れに吐きながら、これまで見たことのないような力で、朝霧を投げ飛ばした。

「――朝霧君！」

落ち葉にまみれながら二人は揉《も》みあいになり、圭介が朝霧を何度も殴りつけた。つぐみは圭介に飛びつくが、振り払われてしまう。

「――逃げて！　早く！」

朝霧が叫んだ。

つぐみはさっと身を翻《ひるがえ》し、震える足を動かして走りだした。

（助けを呼ばないと――）

つぐみは肩越しに、圭介が朝霧を殴りつけ、叫び声を上げながら追いかけてくる姿を見た。

（誰か、誰か――）

息を切らして逃げながら、背後から飛びつかれたのを感じた。引き倒され、首に手をかけられる。

「――――っ！」

必死にもがいたが、押さえつける力は尋常ではなかった。

た。

「お前が悪いんだ――」

耳元で、圭介が言った。

「俺はあんなに愛してたのに――」

（いやだ、いやだ、いやだ、死にたくない――）

手足をばたつかせた。しかし圭介は岩のようにのしかかり、逃げだすことはできなかった。

意識が遠のく。

苦しくて、涙が溢《あふ》れ出る。

「俺はこんなに辛いのに、なんでお前は幸せそうなんだよ――」

「お前と結婚して、子どもと孫に囲まれて――幸せな家族を、ようやく俺も持てるって、思ったんだ――」

圭介はぶつぶつと呟《つぶや》き続けた。

「ずっと夢だった――一家団欒《だんらん》で食事して、週末は皆で、公園に遊びに行ったり――息子は野球クラブに入って、俺がキャッチボールしてやるんだ。多摩《たま》川沿いでやってる試合を、お前の手作り弁当持って応援してさ。娘はピアノを習って、俺のために弾いてくれて……お前はそれを笑顔で眺めてる――」

圭介の髪が、突然燃え始めたのはその時だった。

最初、圭介は気づかずに首を絞める手を緩めなかった。しかしやがて熱さにびくりとして、慌てて頭を手で払う。

「あ、ああ――――！」

よろよろと朝霧が立ち上がる姿が見えた。

彼の目は、圭介に据《す》えられている。

つぐみは這《は》うように、狂乱する圭介から離れた。途端に、背中に高熱を感じた。暗い公園にさっと赤い光が差したように、自分の影がくっきりと落ちている。

炎の壁が、つぐみの背後に立ち上っていた。圭介はその壁に阻まれ、悲鳴を上げる。炎はうねりを上げて竜巻のように巻き上がり、熱風が頬を打った。

「――やめて！」

つぐみは思わず叫んだ。

炎は渦を巻いてさらに勢いを増す。

「朝霧君！　やめて！　死んでしまう！」

しかし聞こえていないのか、朝霧は激しい表情で瞳に炎を映し出しているだけだ。

「やめて、お願い！　お願い！」

「――悠人《ゆうと》さん、そこまでです！」

立ち竦《すく》むつぐみの横をすり抜けながら、柏木の声が夜の公園にこだました。炎は一瞬にして消え、その向こうには呆然とした圭介と、膝《ひざ》をついている朝霧の姿が見える。

圭介の頭髪は焼け焦げていた。衣服も黒く煤《すす》けて、ところどころが燃えて穴が開いている。しかし、命に別状はなさそうだった。何が起きたのか、というように、周囲を見回している。

しかしつぐみに目を向けると、目的を思い出したようだった。

さっと身を翻し、取り落とした鋏を掴み上げた。唇を引き結び、強張った顔で再びつぐみに襲い掛かろうとする。

ところが鋏は唐突に、まるで意思を持っているように彼の手を離れた。

飛ぶように弧を描き、木々の上を通り過ぎていく。やがて、暗い川に落ちたとおぼしき音だけが、闇《やみ》の向こうから届いた。

つぐみは驚いて、柏木の顔を見た。

見たこともない、ひどく冷たく厳しい表情に息を呑む。彼の力に違いなかった。

圭介はぽかんとして、空になった手を何度も見た。動きを止めたその瞬間、柏木と宝井《たからい》が一緒になって飛びつく。圭介はもんどりうって倒れた。

「放せよ！　放せ――――！」

どん、と腰に彗がしがみついてくる。

「つぐみ！」

「彗？　なんでここに――」

まるで初めて会った時のように、不安げにしっかりと抱き付いてくる。

圭介がじたばたともがいた。

「――警察呼んだ。すぐ来るよ」

そう言って、朝霧が携帯をポケットにしまう。制服は泥だらけになっていた。

地面に頬を押し付けられるようにして、圭介は荒い息を吐き、歯を食いしばっている。

じっと、つぐみを見上げていた。

つぐみは、そのぎらぎらとした目を見返した。

真っ暗な穴の中に落ちていくような気分だった。そこにいるのは、まるで知らない人間に思えた。

「つぐみさん……！」

警察の事情聴取を終えてようやく九十九館に帰ると、つぐみを見た由希子が顔色を変えた。

「か、柏木さんから電話で、襲われたって聞いて——け、怪我は——」

「大丈夫です。転んで擦りむいたくらいで。私より、助けてくれた朝霧君がひどくて……」

朝霧は切り傷のほかに、殴られたこともあり念のため検査を受けることになった。今夜は病院に泊まることになり、つぐみ達だけで帰ってきたのだった。

「そういえば柏木さん達は、どうしてあの時公園に——？」

「彗さんが、つぐみさんが危ない、って言ったんですよ」

柏木の背中で、彗はすやすやと眠っている。

「つぐみさんの帰りを待って、門の前でずっとぶらぶらしていたんです。そしたら突然血相変えて、『つぐみが変なやつに襲われる』って——」

「明日——起きたら、お礼を言わなくちゃ。朝霧君にも——」

つぐみは、自分でも意外なほど落ち着いていた。襲われた時はもちろん怖くて動顛《どうてん》していたけれど、警察でも冷静に受け答えができたと思う。

逆に由希子のほうが、よほどおろおろとしていた。

「あ、あの、お風呂、沸かしてあります。入りますか？　それとも、お腹、空いてますか？」

「……じゃあ、お風呂、お先にいただいていいですか？」

服は汚れているし、破けたところもあった。つぐみは脱衣所に入ると、恐る恐る洗面台の鏡を覗《のぞ》き込んだ。

まるで落ち武者みたいなざんばら髪だ。ある部分はひどく短く、ある部分だけ長い。めちゃくちゃに切られた髪は、想像していたよりひどい有様だった。そして強く押さえつけられた首は、赤く染まっている。

そっと自分の首に触れてみたが、すぐに鏡から目を背けると、逃げるように白い蒸気に包まれた浴室に入った。シャワーを浴びて、肩まで湯船に浸かる。

熱いお湯が感覚を呼び戻してきた。ちりちりと、手足の小さな傷が痛んだ。

お湯が跳ねる音が響く。

すくい上げたお湯を顔にかけ、そのまま両手で顔を覆《おお》った。今夜の出来事は、妙に現実感が無かった。何故《なぜ》か、他人事《ひとごと》のようで、テレビの向こうを見ているような気さえした。

しかしふと、自分の首を絞める、圭介の顔が頭をよぎった。

じわり、と気持ちが波立つ。湯船の波紋をじっと見つめた。

唐突に、先ほど起きた出来事が現実である、と指の先まで全身で認識した気がした。体は痙攣《けいれん》するようにびくびくと跳ね、堪《こら》えられないほどの嗚咽《おえつ》が喉元から這い上がった。

涙が溢れだしてくる。

堰《せき》を切ったように、流れて流れて止まらない。

無意識のうちにつぐみは、悲鳴のような泣き声を上げていた。思い出すのは、優しかった時の圭介ばかりだった。決して最初から、あんな人ではなかった。つぐみが体調を崩せばすぐに飛んできて看病してくれたこともあったし、仕事の愚痴《ぐち》も嫌な顔ひとつせず聞いてくれた。

（どうしてこんなことになったの――）

浴室の向こう側で由希子の声がする。

「つぐみさん？　あの――どうしました？　大丈夫、ですか？」

泣き止むことも、言葉を発することもできず、つぐみはただ口許《もと》を押さえて泣き続ける。

自分がいけなかったのか、とつぐみは自分に問いただした。きちんと圭介に向き合わなかったから、そのツケがこれなのだろうか。

「あ、あの、あの――つぐみさん？」

困ったような声。由希子はどうしたらよいかわからず、きっと脱衣所でおろおろとしている。

大丈夫だ、と声をかけてあげなくてはならない。

しかし、つぐみは何も言えなかった。堪えるように両手で体を抱き締め、ひくひくと嗚咽を漏らす。

「つぐみさん、……開けて、いいですか？　その――あの、変な意味じゃなくて、ええと――入って、いいですか？　――――つぐみさん？」

そっと硝子《ガラス》の引き戸を開けて目だけ覗かせた由希子だったが、湯船の中で泣きじゃくっているつぐみを見て、一気に戸を開け放つ。

「つぐみさん！」

慌てて駆け寄った由希子は、湯船の傍《かたわ》らに膝をつき、震えているつぐみの手を取った。

「こ、怖かったですね、怖かった、ですよね！」

「う――ごめん、なさい、こんな」

由希子は、自分も涙を浮かべていた。しっかりと、つぐみの両手を包み込む。

「泣いていいんですよ！　大丈夫、大丈夫です、みんないますから！　もう大丈夫です！」

「うぅ――」

「つぐみさん、怖かったですよね。本当に――」

子どものように泣くばかりのつぐみに、由希子は忍耐強く寄り添ってくれた。

確かに、怖かった。それは間違いない。

しかし、殴られるとか、首を絞められるとか、それによる痛みや恐怖は、今はどうでもよかった。

自分がよく知っているはずの親しかった人間がそんなことをしたという事実が、悲しくて恐ろしくてたまらない。ごく普通の人だったはずなのだ。

つぐみが落ち着くまで、しばらくかかった。

こんなに泣いたのは一体どれくらいぶりだろう、とぼんやりした頭の片隅《かたすみ》で思った。

ようやく湯船を出て、体を拭き、服を着替える。

由希子と一緒に脱衣所を出ると、廊下に柏木と宝井が膝を抱えるように座り込んでいるのが見えた。

「あ──よ、よかった。あの」

柏木が慌てて立ち上がる。

「俺達、別にお風呂覗こうとしたわけじゃないよ、つぐみちゃん」

「その、さすがに私達は、中に入れなかったもので──」

よほど大きな声を出したらしい。

「ごめんなさい、騒いでしまって──」

心配そうな皆の顔を見ながら、どこかほっとする。こんな夜に、一人ではないのだ。

「今日は、もう、寝ます。……おやすみなさい」

「――おやすみなさい」

自分が階段を上がっていく音が、空洞の中で響くように聞こえた。暗い部屋に入ると、ベッドに倒れ込むようにうつぶせになった。

寝ると言ったが、眠れそうにない。

しばらくそのまま身動きせずにいると、どこかから、カリカリカリ、と奇妙な音が聞こえてくる。

無視していたつぐみだったが、その音はいつまでも続いた。仕方なく、体を起こす。扉の向こうから聞こえてくるようだ。

訝《いぶか》しく思い扉を開けると、するり、と黒い体が滑り込んできた。

ミストフェリーズは、部屋の真ん中でつぐみを振り返ってひと鳴きし、ひょいとベッドに飛び乗った。そうしてまるで自分の寝床のように、体を丸めた。

尻尾がひらひらと、呼んでいるように上下する。

つぐみは驚いて、しばらくその様子を見つめていた。やがて、ミストフェリーズを潰さないように注意しながら、ベッドへもぐりこむ。

手を伸ばしても、黒猫は逃げるそぶりを見せなかった。丸くなったまま当然のように瞼《まぶた》を閉じ、撫《な》でられてもされるがままになっている。

触れた部分から伝わる体温に安心して、つぐみは目を閉じた。今はただ、何も考えなくて済む眠りの中に落ちていたかった。


目が覚めたのは、昼近くになってからだ。

鏡の前に立つと、窓から差し込む陽の光が、ひどい状態の頭を晒《さら》した。改めてショックを受け、ショールを頭から被って隠す。

すでに皆朝食は済ませたのか、食堂に人気《ひとけ》は無い。広間を覗いたが誰もおらず、家の中は静まり返り、がらんとしていた。ぎしぎしと軋《きし》む床の音だけが響いて、妙に心細くなる。

テラスに出ると、水音が聞こえてきた。

「——あ、おはようございます」

庭で水を撒《ま》いていた柏木が、つぐみに気づいた。ホースから上がっている清冽《せいれつ》な水しぶきは、小さな虹を作り出している。

「朝ご飯、取ってあるんですが——食欲はありますか？」

つぐみは首を横に振った。

「昨日──グラタン、食べそこねちゃいましたね」

「また作りますよ」

穏やかに微笑《ほほえ》んで、ホースをしまい込む。

「つぐみさん、よかったら、髪を揃《そろ》えましょうか？」

「え──」

「私、素人ですけど、軽く揃えるくらいはできますよ。そのままだと美容室にも行きづらいでしょう」

つぐみは、被ったショールをぐっと引き寄せるように握りしめた。

テラスに新聞を敷《し》いて、椅子《いす》を置き、即席の美容室を準備する。ケープ代わりにタオルを首から巻きつけながら、柏木が言った。

「──ここまで伸ばすの、大変だったでしょう。かなり長かったですもんね」

「……私、もともと、あんまり髪は伸ばさないほうなんです。昔から、いつも短くて──長くてもボブくらい」

鋏が鳴った。切り落とされた髪が、足元に落ちていく。

「そうなんですか？　じゃあ私が出会った髪の長いつぐみさんは、貴重だったんですね」

「そうなんです――」

どうして髪を伸ばしていたのか、つぐみは言わなかった。

長いほうが似合う、と圭介が言ったからだ。

彼を喜ばせたくて髪を伸ばし始めた自分を、愚《おろ》かだとあざ笑うことはできなかった。結末がどうであれ、それはつぐみの一部だった。

いつの間にか、涙が一筋頬を伝った。

静かにそれを拭《ぬぐ》うのを見ても、柏木は何も言わない。ただ、温かい手が時折、まるで頭を撫でてくれるように触れた。

「――できました。ちょっと不格好かもしれませんが、あとはプロにお任せしましょう」

手鏡に映るつぐみは、おかっぱになった頭にくすりと笑った。

「ありがとうございます。……なんだか、お腹が空いてきました。朝ご飯、なんですか？」

「ポトフです。じゃあ、すぐに温めますね」

「あぁ、美味《おい》しそう――」

二人で、落ちた髪を新聞にくるんで片付ける。

「あの、昨日、朝霧君や、柏木さんの力を――彼に見られてしまったけど、大丈夫なんでしょうか」

「心神喪失《そうしつ》状態で、幻を見た、ということになると思いますよ」

「幻ですか」

「彼が何を言っても、誰もそう簡単に信じません。つぐみさんだって、私達の力を見ても、すぐには信じられなかったでしょう?」

「ああ、確かに……」

「修理《しゆり》さんから、そう処理してもらえるようお願いしてもらいました。心配はいりません」

「よかった」

部屋に入りながら、つぐみはそうだ、と声を上げた。

「柏木さん、今日の夕飯、私が作ってもいいですか?」

「もちろん、構いませんが――」

「昨日のお礼がしたくて。皆に」

柏木は丸眼鏡の向こうで目を細めた。

「みんな、喜びますよ」

昼過ぎ、無事に朝霧が戻ってきた。頬の傷は痛々しかったが、大きな怪我は無く、検査も問題が無かったという。

「朝霧君、本当にありがとう。朝霧君がいなかったら、私助からなかったと思う」

「いえ――」

「あの一本背負い、すごくかっこよかった。さすが柔道部だね！」

しかし柏木は、少し困ったような顔で朝霧に言った。

「つぐみさんを守ったことは、本当によくやってくれました、悠人さん。でも、力を使ってしまったのは、残念です」

「……はい、すみません」

朝霧は俯《うつむ》く。

「柏木さん、朝霧君は私を助けようとしてくれたんですよ？　あの状況じゃ、仕方がなかったし――」

「いいえ、どんな時でも、むやみに人前で力を晒すことは避けるべきです。私達は、常にそれを忘れてはいけません。――わかっていますね、悠人さん」

「はい……」

うなだれる朝霧に、柏木はようやく、優しい表情を向けた。

「とはいえ私も力を使ったわけですから、責められる立場ではないのですが。お互い、精進しないといけませんね」

「……はい」

その様子に、つぐみはこっそり宝井に囁《ささや》いた。

「結構、厳しいんですね、柏木さん」

「まぁね——あれは、柏木さん自身の戒《いまし》めなんだと思う。あの人、子どもの頃からあの力のせいで苦労したみたいだから」

「そうなんですか？」

「念力の能力者なんて、制御できなきゃ暴走した車みたいなものだよ。人に見られるとか、人に危害を加えるとか——そういうことに人一倍敏感なのは、あの人に苦い経験があるからじゃないかな」

（あぁ、そうか、柏木さんもきっと、昔からこうだったわけではないのよね——）

マントルピースの上の写真立てを思い出す。

そこに写る十代の柏木には、どこか陰があり、今の朝霧の雰囲気と重なるものがあった。

午後、美容室ですっきりしたショートヘアにしたつぐみが九十九館に戻ると、住人一同が感想を述べた。

「あ、いいじゃんいいじゃん、ガッキーって感じ」

「本《ほん》田《だ》翼《つばさ》っぽい」

「つぐみさん、素敵です。広《ひろ》末《すえ》涼《りょう》子《こ》さんみたいで」

「昔の内田有紀《うちだゆき》を思い出しますねぇ」

髪型を変えてここまで言ってくれたら、切った甲斐《かい》があるというものだった。

(皆、気を遣ってくれてるんだ――)

照れながらも礼を言い、つぐみは柏木に宣言した通り、夕食の支度に取りかかった。彗はキッチンの床に腰を下ろし、絵本を読み始める。

「――彗、向こうで座って読んだら？」

「だめ」

そう言って、絵本越しにじっとつぐみを見る。どうやら、見守っているつもりらしい。笑いをかみ殺して、つぐみは野菜を洗った。

「つぐみさん、何か手伝いましょうか？」

顔を覗かせた柏木は、どうも落ち着かない様子だった。いつも自分が料理をする側だから、その作業を取り上げられると手持ち無沙汰なのだろう。

「いいえ、今日は後片付けまで私が全部やります。柏木さんは、ゆっくりしていてください」

「ゆっくり、といっても……」

つぐみは笑って、柏木の背中をぐいぐい押してキッチンから追い出した。

「ほらほら、テレビでも見ていてください」

困ったように眉を下げ、柏木はすごすごと広間のほうへ姿を消していった。改めて、つぐみは腕を捲《まく》った。

「みなさーん、ご飯ができましたよー」

準備ができると、広間で寛《くつろ》いでいる住人達に声をかける。見れば柏木はその隅で、黙々とアイロンをかけていた。どうしても仕事をしていないと気が済まないらしい。

ぐつぐつと煮えた鍋を持ち、カセットコンロに載せる。それを大きなテーブルに二セット置いた。食堂に入ってきた宝井が破顔する。

「あ、鍋だ鍋。いいねー、寒い時期の醍醐味《だいごみ》」

「こっちはキムチ鍋、こっちは水炊きです」

全員が席に着くと、柏木が両手を合わせた。

「つぐみさん、ありがとうございます。――いただきます」

全員がそれに倣《なら》い、いただきます、と手を合わせる。

「俺キムチー」

「あ、ちょっと、肉ばっか取らないでくださいよ！」

宝井と朝霧が我先に肉を取ろうと攻防を始め、その横で由希子は静々と豆腐《とうふ》と白菜をよそっている。向かい側では柏木が彗にバランスよく具材を取り分けてやり、野菜もしっかり食べるんですよ、と諭《さと》した。

「美味しいー。ねぇ、シメは麺《めん》？　ご飯？」

「どっちも用意してあります。皆さんのお好みで決めましょう。それから、デザートにババロアを作ってあるので、別腹残しておいてくださいね」

煙る湯気越しに見える住人達の顔を、つぐみは一人ずつ眺めた。

（義務感じゃなく、誰かのためにご飯を作りたいって思ったのは……久しぶりだな）

隣で甲斐甲斐しくアクを取る柏木の様子に、くすりと笑いが漏れる。

「柏木さんって、本当にお母さんみたいですよね」

「はい？」

「九十九館の、皆のお母さん」

「……お父さん、ではないのでしょうか」

「いいえ、お母さんです」

断言すると、柏木は眼鏡を湯気で真っ白に染めたまま、複雑そうに眉を下げた。

「私が、皆さんに――甘えている自覚はあるんです。だから私も、その、何かしたくて。柏木さんのお母さん業を奪ってしまって申し訳ないんですけど、たまにはこうしてご飯くらい、作らせてください」

「――何言ってんの、甘えてるのは俺達のほうでしょ」

肉を頬張りながら、宝井が言った。

「つぐみちゃんの優しさにつけこんで、毎週こうしてわざわざ来てもらってさ。俺達の都合で振り回してるんだから、そんなふうに考えることないよ」

「いえ、私は――」

つぐみは、ここははっきりと伝えなくては、と思った。

「私が来たくて、ここに来てるんです」

皆驚いたように、つぐみに視線を向けた。

「……よかった」

由希子が小さく言って、ほっとしたように笑った。

「つぐみさん、ずっと無理してるんじゃないかと、思って……お仕事も忙しいのに」

なんだかこそばゆくて、つぐみはちょっと頬を染める。宝井がにやりと笑った。

「柏木さんがお母さんならさ、つぐみちゃんがお父さんだな。外で働き家庭を支える、一家の大黒柱。そんで俺が長男、由希子が長女、悠人が次男で、彗が末っ子な」

「大家族ですねぇ」

皆で、くすくす笑い合う。

丁度その時、ピンポーン、と玄関のチャイムが鳴った。

「こんな時間に、誰でしょう。回覧板かな」

腰を浮かせた柏木を制して、つぐみは立ち上がった。

「私が出ますよ」

照れ隠しもあって、つぐみはそわそわと部屋を出た。

(家族——家族、か)

そっと後ろを振り返る。皆で鍋を囲んでいる様子に、頬が緩んだ。

蒸気に包まれた食堂を出ると、廊下は冷え冷えと感じた。足早に玄関に駆け寄る。

「はーい」

扉を開けると、冷気がさらに流れ込んでくる。

そこにいたのは近所の住人ではなかった。

背の高い、ほっそりとした中年女性だ。つぐみの顔をまじまじと見つめ、眉を寄せる。

「……つぐみ?」

つぐみはどきりとした。

不安が、じわじわと這い上がってくる。

白いものが交じった頭髪に、皺《しわ》の増えた顔。

記憶の中で、すでにおぼろげになっていた母の顔が浮かび上がる。歳月を重ね、それは記憶よりも老い、痩《や》せている。

「……つぐみ、ね？」

何も言えず、つぐみはしばらく立ち尽くした。

幼い頃は、何度も想像した。

玄関のドアを開けた時、母が立っている姿を。寂しい思いをさせてごめんね、と戻ってくる様子を。

しかしもう、そんなことは忘れてしまっていた。そんな場面は決して訪れないと悟るのは、難しいことではなかった。

（なんで、今頃――）

「元気そうね。母さんが死んだって聞いて。――あんた、ここに住んでいるの？」

十数年ぶりの再会に、母はそこまで感傷的ではなかった。

どこかきびきびと、品定めするように家の中を見回す。

「……住んで、ない」

ようやく、それだけ声を絞り出した。

動悸《どうき》が止まらない。

「そうなの？　さっき弁護士に会ってきたのよ。母さんてば、あんたに全部相続させるって？」

母は肩を竦めた。

「私は娘なのよ？　しかも、たった一人の。私にはこの家や、母さんの遺産を受け継ぐ権利があるわ。父さんだって、そう考えたに決まってる」

つかつかと中に足を踏み入れる母を、つぐみは呆然と眺めた。

「遺言があってもね、私に権利があることは間違いないのよ。娘ですもの。私が受け取らなくてどうするのよ、まったく」

「ちょっと――」

勝手に上がろうとする母を、つぐみは止めた。

「いきなり来て――言うことがそれなの？」

「明日一緒に、弁護士のところに行きましょ。あんたから譲ると言えば、問題ないのよ。どうせ、私が死んだらあんたのものになるんだし。しばらく預けておくようなものなんだから、それでいいでしょ」

「何言ってるの……」

「ここも大分古くなったわねぇ、昔からぼろかったけど。──家は取り壊して、土地を売ったほうがいいわね」

「いい加減にしてよ！」

つぐみは思わず叫んだ。

「どういうつもりなの？　今まで、どれだけ私のこともおばあちゃんのことも放っておいた？　今更なんなの？」

「──つぐみさん？　どなたですか？」

つぐみの声が聞こえたのか、柏木が姿を見せた。玄関ホールに立つつぐみの母は、彼に気がつくとひどく眉を寄せた。

「ああ──まだいたのね、あんた！」

柏木は驚いたように足を止めた。

「いやだ、いやだ！　この家はまだあんた達みたいのの巣窟《そうくつ》なのね！」

歯をむき出すように、母は吐き捨てた。

「出て行ってもらうわよ、すぐにね！　母さんみたいに甘い顔しないわ。まったく、いやになる！　一体どれだけ居座るつもりよ！」

その激しい声に、食堂から皆が訝し気に顔を出す。

「こんなにいるの？　つぐみ、あんたこいつらが何だか知ってるの？　母さんはすっかりとり憑《つ》かれてたわ、いつもいつも、得体の知れないものに。あんたもそうなっちゃう。ここにいちゃだめよ！」

自分の手を取って出て行こうとする母に、つぐみは抵抗した。

「何するの！」

母は目をかっと見開くと、般若《はんにゃ》のような形相で叫んだ。

「馬鹿ね、わかってないの⁉　あいつらは化け物なのよ！　人間じゃないの！　母さんは幽霊にとり憑かれて、すっかり操られてた！　いつだって娘のあたしのことより、あいつらばっかり気にしてた！　──母さんが死んだのだって、あいつらのせいよ！　あいつらが殺したに決まってるわ！」

金切り声が響き渡る。

しん、と静まり返った玄関ホールには、母の荒い息だけが残った。

つぐみは、皆の顔を見回した。

由希子は蒼白な顔で震えている。

いつもは陽気な宝井も、表情を消していた。

朝霧はじっと床を見つめ、その足元にいる彗は何かに怯《おび》えるようにぽっかりと目を見開き、つぐみを見た。

そして柏木は——ひどく硬く、冷たい目をしていた。

つぐみは、自分の体が一気に冷え切った気がした。しかしその次には、全身が沸騰《ふっとう》したように思われた。

「——出てって」

静かに、つぐみは言った。母は聞き間違いとでもいうように「え？」と片方の眉だけ跳ね上げる。

自分の低い声が、別人のように聞こえてくる。

「出ていって。今、すぐに」

「なによ、あんた、久しぶりに会った母親にそんな言い方ないでしょ。——なんか、いい匂いがするわね。私、ご飯食べてないのよ。私にもちょうだい。それで、また今後のこと話しましょ——」

無遠慮に食堂へ向かおうとする母を見ながら、これほど腹立たしいと思ったことはなかった。

ぐっと拳《こぶし》を握ると、つぐみは母の腕を掴み、大きく声を上げた。

「この家から出ていって！　二度と来ないで！」

ざぁ、と大きな風が舞い上がったような気がした。

バタン！　と大音声《だいおんじょう》を上げて、玄関の扉が開いた。母は唐突に、見えない誰かに引っ張られるかのように、よろよろと後方へ数歩後退《あとずさ》り始める。

「え、え、え、ちょっと」

目を白黒させながら、母は手足をばたつかせた。

そしてまるで宇宙遊泳するかのようにその体は浮き上がり、開いた扉の向こうに引きずり込まれていく。

皆、呆然とその姿を目で追った。

母の口から悲鳴が轟《とどろ》いた。

「きゃあああぁぁぁ………」

玄関先のタイルの上に放り出されると、そのままくるくると転がっていく。門が錆《さ》びた音で両開きに開くと、そこを通過して、吐き出されるように道に転がり出た。

呆気《あっけ》に取られているつぐみ達の目の前で、シャッターを下ろすように門と扉がぴしゃりと閉まる。最後に見たのは、母が転がり出た地面に這うように手足を投げ出して、呆然としている姿だった。

しばらくの間、誰も何も言わなかった。

しん、と静まり返った玄関ホールに、外から微《かす》かに、母が喚《わめ》いているような声が聞こえてくる。

つぐみは恐る恐る柏木を見た。

「……柏木さん、ですか？」

こんなことができるのは念力を持つ彼くらいのはずだった。しかし柏木は慌てたように、ぶんぶんと首を横に振る。

「い、いえ、ここではこんなこと、できませんよ。力は使えませんから……」

「でも、じゃあ……」

一体誰が、と、皆互いに視線を交わす。

どこからか哄笑《こうしょう》が響き渡ってきて、つぐみははっと天井を見上げた。

悪戯《いたずら》が成功した時の子どものような、可笑《おか》しくて愉快でたまらない、といった笑い声だ。

柏木も、驚いたように顔を上げる。

「この声――」

それは全員に届いているようだった。誰もが視線を、天井に――正しくはそのさらに上の、屋根裏部屋へと向けた。

その声は家中に反響しながら、やがて染み込むように、夜の中に溶けた。

TSUKUMOKAN

エピローグ　夜のお茶会

砂時計の砂が落ちる。

抽出された紅茶を、ポットへと注いでいく。

冷たい夜の空気の中に、真っ白な湯気と、ベルガモットの香りが立ち上った。

もこもこの靴下を履《は》いて温かいショールを羽織り、万全の防寒態勢で、つぐみは屋根裏へ続く階段を上がった。今夜は一段と冷えて、天気予報は雪の降る可能性を伝えていた。

吐いた息が白く消える。

中央に据《す》えられたテーブルに、ポットとカップを置く。蠟燭《ろうそく》の炎が、生き物のように揺らめいている。たっぷりのミンスパイを盛った皿を真ん中に据え、カップに紅茶を注いだ。

今夜はアールグレイだ。

コンコン、とノックする音がする。

ドアを開けると、カンパネルラが待ちわびたような顔で立っていた。

「ようやく来てくれた！　忘れられたかと思ったよ！」

「一週スキップしただけじゃないの。それに、来週は来れないかもって、この間言ったでしょ」

「長いよ！　何してたのさ？」

「ごめん、忙しかったのよ」

「怒ってる彼女に仕事を理由に言い訳するサラリーマンみたいなこと言わないでよ！」

ぷんすかと怒っている様子のカンパネルラに、つぐみは苦笑した。そしてその比喩《ひゆ》表現に、心の中で微《かす》かな疑問が湧く。

(幽霊だったとしても――最近まで生きていた人なのかも？)

いまだに、彼の正体はわからない。ただ、これ以上深追いするつもりもなかった。

(この家と、ここに住む人を守っている存在――それで、いいか)

カンパネルラは椅子《いす》に腰かけると、紅茶に口をつけて大きく息を吐いた。そうしてミンスパイをひょいと摑《つか》むと、満足げにもぐもぐと口を動かす。

十二月も末になり、街はクリスマス色に染まっていた。九十九《つくも》館でも、玄関ホールに皆で飾り付けた大きなツリーを置いている。

ミンスパイは、りんごやドライフルーツなどをスパイスと一緒に混ぜ合わせたミンスミートの入った、イギリスのクリスマス菓子だ。もともとはキリストのゆりかごを模《も》して作られていたもので、ミンスミートという名前の通り、かつてはひき肉を使った保存食だったらしい。星型にくりぬいた生地を上部に載せて焼いているので、見た目にもクリスマスらしさがある。

「クリスマスの日から十二夜、毎日ひとつずつミンスパイを食べ続けると、新しい年は幸せになると言われているそうですよ」

クリスマスらしいレシピを探していると、柏木《かしわぎ》がそう教えてくれた。正月太りしてしまいそうな話だったが、つぐみはそれを実践しようと考えている。

「引っ越しの準備があったの。年が明けたら、ここに越してくるから」

そう言うと、カンパネルラは犬がぴくりと耳を立てた時のような表情になり、パイをごくりと飲み込んだ。

「ここに住むの？」

「うん。会社から遠いし迷ってたんだけど、うちの会社も来年からフレックスが導入されることになって。それならまぁ、なんとかね」

カンパネルラは頬《ほお》を紅潮《こうちょう》させ、ぱっと満面の笑顔になった。

「本当？」

「うん」

あの日以来、母の姿は見ていなかった。この家に近づくのは怖いと見えて、何度か弁護士のところへやってきたのを最後に、その後は行方が知れない。諦《あきら》めたのか、とつぐみは期待したが、同時に、再び姿を消した母のことは消化しきれないままでもあった。

ちらり、とカンパネルラの顔を見る。

あの時、母を追い出したのは彼に違いなかった。ただそう問い詰めてみても、カンパネルラは意味ありげな笑みを浮かべて、しらばっくれるばかりだった。

「今夜は雪が降って、積もるかもしれないんだって」

曇った窓を眺めながら、つぐみが言った。

「早いね……この家に来たのは、夏だったのに。もうすっかり冬、それに、年末。すぐに歳《とし》取っちゃう」

「ツグミって、越冬するんだよね」

「え？」

「ツグミはさ、冬になると南下するんだよ。でも暖かくなるとまた北に戻っていく。だから、鳴き声が聞こえなくなる。まるで口を噤《つぐ》んだように——だから、ツグミって名前がついた」

「ああ、鳥の話──」

「つぐみは春になっても……どこかへ帰ってしまわないよね？」

少し不安そうに、カンパネルラはつぐみを見つめた。

きっとすぐに年越しがやってきて、年が明ける。

梅が咲き、桜がほころんで、春が近づいてくるだろう。その時を、つぐみは想像してみた。

「……春になったら、苺《いちご》をいっぱい載せたタルトを焼こうかな。ブルーベリーとラズベリーも入れて。カラフルなマカロンにも挑戦してみたいのよねぇ。夏はレモンケーキに、アイスティー。白桃のケーキもいいし、和風で攻めてわらび餅《もち》も作ってみようかな」

考えただけで楽しくなり、つぐみは笑みを浮かべた。

「──楽しみにしてて」

カンパネルラは、ほっとしたように笑う。そして、人差し指を立てると、くるくると回した。

「じゃ、その楽しみはもう少し先に取っておこう。今は、この冬を満喫しなくちゃ」

はらはらと、白く淡い花弁《はなびら》のような雪が、視界に降り注ぎ始めた。

暗い屋根裏部屋の上から、深々とした雪が舞い降り、溶けるように静かに消えていく。

その不思議な光景に、つぐみは見入った。

掌《てのひら》を差し出してみる。触れたはずの雪は冷たさを感じず、つぐみの体を通り抜けて床へと吸い込まれていく。

白雪が降りしきる中、二人は熱い紅茶を飲みながら、とりとめのない話をした。

つぐみが会社で昇進したこと、彗《すい》と一緒にクリスマスツリーを飾り付けした時のこと、朝霧《あさぎり》の出場する大会に皆で応援に行くつもりだということ、由希子《ゆきこ》が最近薦《すす》めてくれた本が面白かったこと……。

カンパネルラは、満足げに笑いながら、頷《うなず》いたり、口を挟んだりする。

やがて最後の一口を飲み終えると、うっとりするように目を閉じた。

「──美味《おい》しかった」

そうして立ち上がり、扉を開く。つぐみの顔を忘れないで覚えておこうとでもいうように、どこか寂し気に見つめ、微笑《ほほえ》む。

「おやすみ、つぐみ。──また、夜に」

扉が閉まり、蠟燭《ろうそく》がふっと消えた。

※この作品はフィクションです。実在の人物・団体・事件などにはいっさい関係ありません。

集英社オレンジ文庫をお買い上げいただき、ありがとうございます。
ご意見・ご感想をお待ちしております。

● あて先
〒101-8050　東京都千代田区一ツ橋2-5-10
集英社オレンジ文庫編集部 気付
白洲　梓先生

九十九館で真夜中のお茶会を
屋根裏の訪問者

集英社
オレンジ文庫

2018年3月25日　第1刷発行

著　者　白洲　梓
発行者　北畠輝幸
発行所　株式会社集英社
〒101-8050東京都千代田区一ツ橋2-5-10
電話【編集部】03-3230-6352
【読者係】03-3230-6080
【販売部】03-3230-6393（書店専用）
印刷所　大日本印刷株式会社

※定価はカバーに表示してあります

ISBN 978-4-08-680185-0 C0193